AF505594

La Tierra de la Promesa

La Tierra de la Promesa

De indocumentados a ciudadanos en el país del norte.

Diana Moreno

Dedicatoria

Dedico este libro a mi maravilloso Dios que fue el artífice de esta crónica de la vida real. A mi amado mamores y a mis adorados hijos que son la razón de mi vida. A toda mi familia por su apoyo incondicional siempre. Y agradezco a mi segunda patria, Los Estados Unidos, que me ha dado las mejores oportunidades de mi vida.

Tabla de Contenidos

La Tierra de la Promesa..iii

La Tierra de la Promesa... v

Dedicatoria vii

La Tierra Prometida 1

El Espíritu Santo es quien hace el itinerario. 13

Dios permite tanto los días buenos como los días no tan buenos. 35

Dios escucha nuestro clamor. 67

Dios nos provee todo. 84

Los planes de Dios son mejores que los nuestros..... 105

No juzgarás. 114

Debo confiar en Dios.. 124

Dios está en control.. 136

No hay nada imposible para Dios. 146

No hay mal que dure cien años ni nadie que lo resista. 160

Jesús sana toda enfermedad. 171

De regreso a mi tierra… 177

En Cristo somos más que vencedores. 187

Dios es fiel. 203

La Tierra Prometida

1996-1999
Clama a mí y yo te responderé…Jeremias 33:3.

Habían pasado solamente dos años desde el día en que se casaron, eran muy felices. A Valeria le encantaba contar la historia de su compromiso y recordar que Santiago nunca le pidió que fueran novios, sino que después de 10 meses de amistad, le pidió que se casara con él. Ellos eran los mejores amigos y ella, sin dudarlo, dijo que sí. El matrimonio se realizó tres meses después, en medio de la incredulidad de algunos familiares y amigos.

Para ambos, su primer año de casados fue como empezar a vivir la etapa de un noviazgo. Querían estar todo el tiempo solos, disfrutarse el uno al otro, conocerse, reír y llorar juntos. Siendo ellos cristianos, la oración también era muy importante, hablar con Dios, entregarle su matrimonio y su relación, especialmente después de que muchas personas no creían que ese matrimonio duraría más de seis meses. La verdad es que era muy difícil creer que saldrían adelante. Valeria venía de una relación de casi siete años y muchas personas a su alrededor creían que su matrimonio con Santiago era para olvidarse de su antiguo amor, como dice el dicho "un clavo saca otro clavo". Por el lado de Santiago las cosas no eran mejores. Nunca había tenido un noviazgo que durara más de tres meses, tenía alma de Don Juan, no creía en el matrimonio y no quería "amarrarse" a alguien. Además, los dos venían de hogares destruidos. Los padres de ambos eran divorciados y no tenían un ejemplo a seguir de cómo sacar adelante un matrimonio.

Con un noviazgo de sólo tres meses, tiempo en el cual se dedicaron casi que exclusivamente a preparar la boda, no hubo mucho tiempo para hablar de sus sueños. Tal vez tener solo una hija… pero algo que tenían muy claro era que, con la ayuda de Dios, querían romper el patrón de divorcio de sus padres. Sin embargo, a los 6 meses de casados, después de una pequeña discusión, Valeria le expresó a Santiago su deseo de separarse. Como no tenían hijos, a ella le pareció que sería muy fácil que cada uno se devolviera a la casa de su madre y asunto arreglado. Santiago de una manera muy sutil la hizo entrar en razón, le habló con palabras suaves y al final, el asunto quedó atrás.

Como la mayoría de parejas, ellos querían conquistar el mundo, juntos se sentían invencibles a pesar de todos los malos augurios que habían vaticinado en contra de ellos. Si Dios les había permitido estar juntos era porque había un propósito. Casi tres años después seguían igual de enamorados, su vida era como la de toda pareja de recién casados que quieren salir adelante para algún día poder darle un buen futuro a sus hijos. Santiago trabajaba para una compañía importante de la ciudad, aunque el salario no era muy grande. También estaba estudiando en la universidad para ser un diseñador gráfico. Valeria, a pesar de tener un título universitario, no conseguía trabajo estable. Había enviado aplicaciones de trabajo a 100 compañías diferentes y solo la habían llamado de un lugar en donde hizo todo el proceso de entrevistas y selección. Todo para que al final le dijeran que habían escogido a otra persona para ese cargo.

La situación financiera del país no era muy buena, como la mayoría (por no decir todos) de los países en Latinoamérica estaban atravesando por una crisis económica. La politiquería, la corrupción y la deshonestidad habían llevado al país a la quiebra y eso hacía que muchas familias estuvieran emigrando al país del norte en busca de un mejor futuro. Santiago y Valeria se habían resistido a salir del país a pesar de que parte de la familia de él ya vivía en el país del norte y constantemente les insistían en que se fueran también. Un día, en medio de la desesperanza de que Valeria no conseguía trabajo, se unieron en un clamor a Dios para preguntarle si era Su voluntad que dejaran el país. En medio de las lágrimas y de sus oraciones, Dios les habló claramente en un pasaje de la Biblia: " 8 »Cumplan ustedes todos los mandamientos que hoy les he dado, para que se hagan fuertes y tomen posesión del país que van a conquistar, 9 y para que vivan muchos años en esta tierra que el Señor prometió dar a los antepasados de ustedes y a sus descendientes; tierra donde la leche y la miel corren como el agua. 10 La tierra que van a conquistar no es como Egipto, de donde ustedes salieron; allí sembraban ustedes la semilla y regaban con los pies, como se hace en las huertas, 11 pero el país del que van a tomar posesión es un país de montes y valles, regado por la lluvia del cielo. 12 Es una tierra que el Señor mismo cuida; en ella tiene puestos los ojos todo el año" Deuteronomio 11:8-12.

Un año atrás, Santiago y Valeria intentaron ir de vacaciones a la Florida, pero sus sueños se vieron frustrados cuando en la embajada les negaron la visa por ser una pareja tan joven y sin hijos. Eran los candidatos perfectos para quedarse ilegalmente en el país. Esta vez, con la promesa de que irían a conquistar una tierra donde la leche y la miel corrían como el agua, no dudaron ni un instante en que Dios los llevaría al país del norte. Las críticas y los comentarios negativos no se hicieron esperar:

¡A quién se le ocurre vender todo para irse del país sin siquiera tener la visa!

¡Valeria no tiene trabajo, en la embajada no les van a dar la visa, no tienen pruebas suficientes de que van a regresar al país!

¡No están dando visas ahora, la situación está muy difícil, no vendan sus cosas hasta que les hayan dado las visas!

¡El sueldo de Santiago no es suficiente para demostrar que tienen dinero para viajar, les van a negar la visa y ustedes vendiendo todo!

Estos y muchos otros comentarios fueron los que escucharon desde el día que Dios les habló hasta el día de la cita en la embajada. Fueron tres meses de negatividad, pero las palabras de Dios habían sido tan claras que Santiago y Valeria no se permitían dudar ni un momento de la promesa de Dios.

El día llegó, no era un día como cualquier otro, Santiago y Valeria estaban ansiosos de ver lo que Dios iba a hacer con ellos. La vida iba a cambiar, a partir de ese día las cosas nunca volverían a ser iguales. Santiago y Valeria no tenían idea que en este viaje sin regreso que estaban por comenzar, por fin empezarían a conocer al Dios que ellos creían conocer. Se había dado inicio a un viaje sin regreso con valles y montes en donde verían la gloria de Dios a cada paso que iban a dar.

La cita en la embajada era a las 7:00 de la mañana. Santiago y Valeria estaban en la fila desde las 6:30 am, habían orado y su fe estaba puesta en el mensaje que Dios les había dado. Ellos habían llevado todos los documentos que creyeron que eran importantes. Mientras esperaban su turno, veían como algunas personas salían felices después de haber recibido su visa y otras muy tristes porque se las habían negado.

Finalmente, su turno llegó. El oficial de inmigración los llamó a su ventanilla, les hizo las preguntas que generalmente hacen y les ordenó que esperaran mientras hacía algunas llamadas para verificar la información que habían dado. Los minutos pasaban, después las horas y ellos podían ver al oficial en el teléfono… el tiempo se hizo eterno. El banco confirmó el número de la cuenta y la cantidad de dinero que ellos habían declarado (tenían ahorrado el dinero de todo lo que habían vendido y algunos ahorros que la mamá de Valeria les había prestado). La compañía donde trabajaba Santiago confirmó que él era un empleado, la universidad en la que estudiaba también confirmó que era un estudiante. Cada referencia personal y laboral confirmó que los conocían… finalmente, después de 4 horas, el agente regresó a la ventanilla para decirles que les concedía una visa de entrada al país por quince días. Se dieron la vuelta y las lágrimas rodaron por sus mejillas, la felicidad inundaba sus rostros, solo tenían palabras de agradecimiento al Dios que estaba cumpliendo su palabra. Ni siquiera cayeron en cuenta que normalmente se conceden las visas por seis meses, no importaba que les dieran entrada sólo por quince días, lo importante era entrar.

Laura era una madre divorciada con dos hijas, su esposo la había abandonado cuando ellas estaban entrando a la adolescencia. Desde el momento en que se separó, tomó la decisión de no casarse para no ponerle un padrastro a sus hijas. Eran muchas las historias de padrastros que habían abusado de sus hijastras y ella no quería un futuro así para ellas. Laura prefería sacrificarse en vez de tener que ver a sus hijas sufrir. Después del divorcio la vida no había sido fácil para ellas, había tenido que apretarse bastante económicamente. Sus hijas no pudieron seguir asistiendo a una escuela privada y tuvieron que cambiarse a una escuela pública. La casa que tenían la habían tenido que rentar y ellas se habían ido a vivir con la mamá de Laura, las tres vivían en un sólo cuarto.

Después de dos años de ahorrar, Laura pudo reunir el dinero para dividir la casa en dos apartamentos. Ella y sus hijas se devolvieron a la casa para vivir en uno de los apartamentos y rentar el otro. Fueron tiempos difíciles, pero en medio de estas circunstancias vino la luz a sus vidas y por una invitación de una vecina, Laura comenzó a tener una relación personal con Jesús, al igual que sus hijas. Desde ese momento la vida tomó un rumbo diferente, ya no estaban solas. Tenían una familia muy grande, todos sus hermanos y hermanas en Cristo, que, a pesar de no ser perfectos, estaban allí cuando ellas los necesitaban. Y lo más importante era que Jesús ahora ocupaba el lugar de esposo de Laura y de padre para sus dos hijas.

Con mucho esfuerzo Laura logró pagar la universidad de sus dos hijas, ambas lograron graduarse y trabajar. Las finanzas de la familia estaban cambiando, incluso después de ahorrar todo un año de sueldo, Valeria pudo comprar un carro. Era el primero que la familia tenía, no era un carro lujoso, por el contrario, era un carro económico, pero para ellas era todo un lujo tener ese carro. Para Laura era un sueño que sus hijas llegaran a casarse con jóvenes de la iglesia. Ella no quería que corrieran con su misma suerte, que sus matrimonios llegaran a terminar en divorcios; su oración era que sus hijas pudieran encontrar la felicidad que había sido esquiva para ella.

Dos semanas antes de la cita en la embajada, Santiago y Valeria habían decidido regalarle a Laura una serenata de cumpleaños, ese regalo fue una sorpresa maravillosa, toda la familia disfrutó de las canciones y bailaron al son de los mariachis. Laura se sentía muy feliz; sin embargo, en su corazón ese día sintió que realmente su hija y su yerno se iban al país del norte y que ella no sabía cuándo los volvería a ver. Esa noche se acostó con un sentimiento agridulce en su corazón.

Faltaba solo una semana para el viaje, Santiago y Valeria hacían lo que podían para alistar todo y también para despedirse de la familia, los amigos, la iglesia, en fin, de todos sus conocidos. Cada noche tenían una despedida con una familia diferente, estaban tan sorprendidos por todo el amor que les brindaban; a cambio ellos le regalaron a cada familia algo de sus pertenencias: cuadros, decoraciones, libros, cobijas, etcétera. Cada despedida era un sin número de abrazos, lágrimas, historias, anécdotas, risas y una tarjeta especial que ellos escribían con algún recuerdo que habían compartido juntos y un versículo bíblico.

Años después Valeria recordaría esa semana como una de las semanas más agridulces de su vida. Por un lado, estaba la emoción de un mundo nuevo, sueños por cumplir, aventuras inimaginables… el sueño americano; sueño que se convierte para tantas familias en la pesadilla americana, al dejar su tierra natal para ir al país del norte. Por otro lado, estaba la tristeza de dejar a su familia, amigos, tierra... todo. Ella nunca imaginó que pasarían muchos años antes de que volviera a ver las calles por donde caminó en su niñez. Que por mucho tiempo no disfrutaría el olor a fruta de las calles de su ciudad natal, el sonido de los carros y los buses. Que extrañaría el gentío por las avenidas, caminar de un lado a otro, los empujones en los buses, los hoyos en las calles, la música estruendosa en el transporte público, el calor y la amabilidad de sus compatriotas, las telenovelas, el almuerzo corriente, las plazas de mercado, las tiendas de barrio, saludar a los vecinos, comentar los partidos de fútbol con conocidos y desconocidos, el olor a café en las mañanas… en fin, que tarde o temprano estaría añorando el mundo que dejaba y del cual se había quejado muchas veces. Que en el futuro recordaría esa semana como la semana en la cual fue arrancada de su tierra para irse a vivir en una jaula dorada. Que un día no muy lejano, ella y Santiago tendrían dolor de tierra… un dolor en el pecho y una nostalgia por su tierra natal que no se puede describir y que sólo lo entiende alguien que ha dejado su patria.

Esa mañana el aeropuerto lucía diferente, a pesar de que el sol ya comenzaba a salir el lugar se veía particularmente gris, eran tantos sentimientos y emociones encontradas que lo mejor era no hablar mucho. A pesar de no haberse puesto de acuerdo, familiares y amigos parecían haber hecho un pacto secreto para no llorar, para no decir cosas tristes, porque en realidad era un día lleno de esperanzas y sueños, todos anhelaban que a Valeria y a Santiago les fuera bien en este capítulo nuevo de sus vidas. Entre abrazos y buenos deseos entraron a inmigración, Valeria estaba algo nerviosa, ella era la que había empacado las maletas. A pesar de tantas advertencias de no llevar nada que indicara que no iban a regresar al país, ella decidió empacar las fotos personales y todos los documentos importantes. Ella no concebía la idea de dejar las fotos en donde se plasmaban todas sus vivencias y las de Santiago en el país que los había visto nacer y crecer. Decidió enrollarlas entre piezas de ropa, una a una las camufló entre su ropa y la de su esposo. De igual manera hizo con los certificados de nacimiento, la certificación del matrimonio, los diplomas de la escuela y la universidad. Ahora sólo quedaba esperar que los agentes de inmigración no les revisaran las maletas minuciosamente.

Este no era el primer viaje internacional para ninguno de los dos. Algunos años antes, cuando Valeria trabajaba como misionera, ella había viajado a Guatemala y México. Viajar era su actividad favorita. Ella disfrutaba desde el mismo momento de comenzar a planearlo todo. Cada instante del viaje y aún mucho tiempo después de haber regresado, todavía disfrutaba de todos los lugares que había conocido. Santiago también había tenido la oportunidad de conocer Guatemala durante el tiempo que había trabajado como misionero. Había sido un viaje especial por ser su primer viaje fuera del país; sin embargo, los recuerdos no eran tan agradables como quisiera. Tres años atrás, el pastor de su iglesia lo había invitado a visitar la iglesia en Guatemala, estaba muy emocionado. Aunque solo eran amigos, Valeria estaba muy emocionada también por él. Durante el vuelo de ida el pastor le había preguntado si todavía estaba interesado en Valeria, a lo cual él respondió con un sonriente sí. Se conocían desde hacía un par de años, ambos asistían a la misma iglesia y trabajaban tiempo completo estudiando la Biblia con otras personas y organizando las diferentes actividades de evangelismo que realizaba la iglesia. Habían pasado varios meses desde que Valeria había terminado una larga relación de noviazgo con otro joven de la iglesia. A pesar de que ella se prometió a sí misma no interesarse en ningún otro joven, su corazón la traicionó y de repente un día sin previo aviso, se enamoró de Santiago... y él de ella. Algunos miembros de la iglesia, incluidos el pastor y su esposa, no daban un peso por esa relación; sin embargo, después de observar su amistad por casi un año, durante el viaje el pastor le dio su visto bueno para que comenzaran una relación de noviazgo.

Como era de esperarse, Santiago estaba super emocionado, apenas llegó a Ciudad de Guatemala comenzó a compartir las buenas noticias con las personas que conocía de la iglesia. A pesar de estar muy feliz de conocer un nuevo país, no podía esperar a regresar para pedirle a Valeria que fueran novios. Santiago y su familia habían conocido a Jesús hacía un par de años. Lucas, su padre fue el primero que tomó la decisión de darle un nuevo rumbo a su vida. Ellos asistían a misa de vez en cuando y eran buenas personas; no le hacían daño a nadie, trabajaban honradamente y eran muy unidos; sin embargo, cuando la familia del apartamento de arriba los invitó a la iglesia, Lucas no dudó en aceptar la invitación. Después de la muerte de su esposa en un atentado terrorista, sentía un vacío en su vida, él quería un cambio. Martín y Lucas fueron a la iglesia ese domingo, Santiago no había querido ir. Las personas fueron muy amables con ellos, pero lo que más les había impactado era ver a cada persona con su propia Biblia, porque en la familia de Lucas nunca la habían leído. A Lucas le pareció que la explicación que había compartido el pastor era muy clara, se preguntaba ¿Por qué nunca leía la Biblia si en realidad no era difícil de entender? Al regresar a casa Martín no se mostró muy emocionado; sin embargo, Lucas sí lo estaba. Compartió con Santiago lo que había aprendido y se hizo el propósito de regresar el siguiente domingo.

A Santiago le tomó varios meses de oración y estudio de la Biblia entender que necesitaba a Jesús en su vida, pero el día que tomó la decisión de tener una relación personal con Él, sabía que iba a ser para toda la vida. Mientras estudiaba la Biblia, comenzó a tener muchos amigos en la iglesia, incluyendo al pastor. Nunca había asistido a reuniones de hombres en donde se dedicaran a aprender de Jesús, todo era muy nuevo para él y entre más aprendía, más se enamoraba de Jesús. Desde el día que conoció al pastor sintió un respeto muy grande por él. Admiraba la forma en que predicaba y enseñaba, es por eso que el día en que lo invitó a que fueran a visitar la iglesia en Guatemala, sin dudarlo dijo que sí.

La semana en Guatemala había pasado muy rápido, había conocido muchas personas. Había aprendido también muchas cosas; sin embargo, en ese momento lo único que Santiago deseaba era subirse al avión y volver a ver a Valeria para poder declararle su amor. Cuando se conocieron ella tenía 21 años y él 24. De vez en cuando se encontraban en las reuniones de jóvenes de la iglesia. Santiago siempre la veía llegar con su novio. La veía como cualquier otra muchacha de la iglesia. Valeria lo saludaba como a todos los demás y ya se había dado cuenta de que él estaba interesado en otra de las integrantes del grupo de jóvenes. Fue por eso que, un año más tarde de haberlo conocido, Valeria habló con su novio para que fuera y lo animara después de enterarse que esa chica le había roto el corazón. Ella le dijo que, aunque estaba interesada en él, en realidad le interesaba más el gringo que había llegado de una iglesia del país del norte. Años después, ambos se reirían de recordar ese episodio de sus vidas, en donde ellos estaban lejos de imaginar que Dios los tenía el uno para el otro.

Tan solo faltaba una hora para aterrizar y el pastor le dijo a Santiago que quería tener una conversación con él antes de llegar, fue una conversación bastante corta y al grano. Le dijo que en Guatemala había notado que era un hombre bastante emocional, que se dejaba llevar demasiado por sus sentimientos y que, en lugar de estar aprendiendo de la iglesia en esa ciudad, se había dedicado a contarle a todos sobre su futuro noviazgo con Valeria. Después del viaje, él concluía que no estaba listo todavía para una relación tan seria y ya no le daría el visto bueno para que fueran novios.

Comprender que un líder espiritual es tan humano como cualquier otra persona no es tan fácil. Santiago amaba y respetaba a su pastor, pero era tan difícil comprender lo que acababa de escuchar. Deseaba devolver el tiempo atrás y que nada de esto estuviera pasando, él sabía que los pastores también se equivocan, pero no era el momento ni la situación para cuestionar lo que le estaba diciendo. Después de esa conversación el día se había tornado gris, el cielo ya no lucía en todo su esplendor, salir del país por primera vez ya no era tan emocionante, regresar a su ciudad ya no causaba emoción… volver a ver a Valeria sería tan doloroso.

Esta vez el viaje no era solo por unos días, el viaje al país del norte no tenía fecha de regreso y Santiago y Valeria lo sabían. Una vez más había dolor, pero esta vez mezclado con emoción. Estaban a punto de abordar y a Valeria se le aguaron los ojos. Santiago le recordó que no era bueno que la vieran llorando si, supuestamente, sólo era un viaje de vacaciones por 15 días. Rápidamente Valeria se compuso y abordaron el avión que los transportaría a un mundo desconocido.

Toda su vida Valeria había visto las montañas que rodean su ciudad natal, cada día al levantarse y abrir su ventana era lo primero que veía. Todos en la ciudad podían ubicarse con tan sólo mirar hacia las montañas, eran el punto de referencia desde cualquier parte de la ciudad. Subir a la cima y admirar el paisaje era algo maravilloso, la ciudad se veía muy especial desde allí. Los amaneceres parecían pinturas hechas por un artista que le ponía un detalle especial al rojo y naranja, muchas parejas se habían comprometido viendo también los mágicos atardeceres. Si las montañas hablaran tendrían tanto que contar… conocían la historia de la ciudad mejor que cualquier historiador. Al despegar, el avión hizo un giro y Valeria vio una vez más aquellas montañas, en ese momento no se le ocurrió pensar que algún día sentiría un dolor muy fuerte en su corazón sintiendo la ausencia de las montañas que la vieron crecer desde el día que nació.

El Espíritu Santo es quien hace el itinerario.

1999 primer semestre
Habiendo sido impedidos por el Espíritu Santo de hablar la palabra en Asia…Hechos 16:6.

¿**O**klahoma City? ¿Y eso dónde está? Todos se sorprendieron cuando Lucas le anunció a la familia que esa era la ciudad a la cual se iba a vivir y trabajar.

Valeria recordó que la primera vez que había escuchado algo sobre Oklahoma City había sido algunos años atrás, cuando el sábado 23 de abril de 1995, en medio de una conferencia de mujeres que la iglesia había realizado, la esposa del pastor compartió la tristeza de saber que cuatro días antes, la ciudad en donde ella vivió durante algunos años de su juventud, había sido víctima de un ataque terrorista. Ella compartió que ese había sido el primer ataque terrorista en territorio estadounidense y que le dolía su corazón por todas las personas que habían muerto, pero especialmente por los niños que habían visto sus sueños frustrados a tan corta edad. Esa era toda la información que Valeria y los demás tenían acerca de Oklahoma City, entonces la primera reacción de Martín después de escuchar a su papá, fue buscar un mapa para tratar de ubicarla. Todos se le tiraron encima para ver dónde quedaba el lugar al cual Lucas se iba a mudar. Se dieron cuenta que estaba ubicada en el centro de los Estados Unidos y que era la capital de un pequeño estado, el cual también se llamaba Oklahoma.

El papá de Santiago fue el primero en iniciar el éxodo hacia el país del norte. Lucas era un hombre en sus cincuentas, alguien que amaba a Dios y a sus hijos por encima de todo. Después de la muerte de su esposa, se refugió en Martín y Santiago. Quería que fueran felices y estaba dispuesto a hacer todo lo posible para que los sueños de sus hijos se hicieran realidad. Ambos ya eran adultos. Santiago ya se había casado y Martín era novio de Cristina, muy pronto seguramente se iban a casar. A pesar de amarlos tanto, era hora de pensar en él. Por eso llevaba varios meses orando y pensando en la propuesta que le había hecho su compañero de trabajo para irse a vivir al país del norte. El compañero le había dicho que en la ciudad de Oklahoma había muchas oportunidades de trabajo por ser una ciudad pequeña y que fácilmente podrían comenzar una nueva vida allá, lejos de tantos problemas económicos y sociales por los que estaba atravesando el país. Lucas no olvidaba la noche en la que llegó a su apartamento y escuchó un llanto en el apartamento de enfrente. Como pudo, forzó la puerta y entró para encontrar a sus vecinos recién casados, envueltos en un colchón. Unos ladrones habían entrado a robar mientras que ellos estaban en el apartamento. Los habían amenazado y golpeado con una pistola para luego envolverlos en su propio colchón mientras sacaban las cosas que con tanto trabajo habían comprado. También recordaba la noche en la que Santiago, algunos meses antes de casarse, llegó tarde al apartamento corriendo y angustiado después de que un par de delincuentes lo pararan cuando cruzaba el puente peatonal que quedaba al lado de la parada del bus. Lo amenazaron con un cuchillo para que les entregara la chaqueta de cuero que llevaba puesta, pero él había podido escapar. Esas y muchas otras historias de familiares y amigos que habían sido víctimas de la delincuencia que cada día crecía más por la falta de trabajo fueron las que motivaron a Lucas a tomar la difícil decisión de dejar a sus hijos e irse del país. Lucas se encomendó a Dios y se fue con la esperanza de que ellos lo seguirían en un futuro no muy lejano.

Efectivamente Martín y su novia fueron los primeros en seguirlo, no fue muy difícil tomar la decisión de irse del país después de que se enteraron que estaban esperando su primer hijo. Ninguno de los dos tenía un trabajo estable. Por falta de dinero no habían podido continuar sus estudios y les tocaba trabajar en lo que fuera, escasamente podían mantenerse ellos mismos. Lo difícil era que les dieran las visas, pero por la gracia de Dios se las concedieron y cuatro meses después llegaron a Oklahoma City.

Lucas, Martín y Cristina estaban felices el día que supieron que también les habían dado la visa a Santiago y Valeria. Realmente era un milagro de Dios que a toda la familia les hubieran concedido el permiso de entrar al país del norte, especialmente por las dificultades económicas en las que todos se encontraban y también por la situación del país. Lo triste era que Santiago y Valeria habían decidido que no querían irse a vivir a Oklahoma City, sino a Nueva Orleans.

El avión aterrizó en el aeropuerto internacional de Miami a la hora indicada. Santiago y Valeria no podían creer que habían dejado su patria "para siempre". Estaban muy emocionados, pero a la vez preocupados porque sabían muy poco inglés. En realidad, la única que hablaba un poco era Valeria, pero lo que sabía lo había aprendido 11 años atrás. El aeropuerto era inmenso y moderno, todo se veía como nuevo, todo se veía tan lindo, no se parecía en nada al aeropuerto de su ciudad, estaban deslumbrados. Caminaron detrás de toda la gente y finalmente llegaron al lugar donde estaba el oficial de inmigración. Valeria sintió dolor en el estómago de pensar que encontrara todas las fotos y documentos importantes que había enrollado entre la ropa, de inmediato se puso a orar. Santiago, como siempre estaba relajado y le recordó que todo iba a estar bien y que no se olvidara de la promesa en Deuteronomio, la fe no podía fallar en este momento. Mientras hacían la fila, Santiago le habló a Valeria de todos los milagros y proezas que Dios había hecho en sus vidas, le recordó quién era el Dios que los respaldaba y los estaba llevando a su tierra prometida; Valeria encontró paz en las palabras de Santiago.

Aquella noche del 5 de julio de 1996 parecía una noche común y corriente; sin embargo, después de esa noche la vida de Santiago y Valeria tomaría un rumbo inesperado. Eran las 8:00 de la noche cuando se encontraron en un parque que quedaba en el vecindario donde ella vivía. La idea era encontrarse para planear una de las reuniones de la iglesia que se iba a llevar a cabo esa semana; no obstante, la conversación empezó a tomar otro rumbo y sin darse cuenta empezaron a hablar de los sentimientos que sentían el uno por el otro. A pesar de que se gustaban hacía 10 meses, nunca habían hablado sobre eso. Respetaban la autoridad de sus pastores y estaban esperando que ellos dieran su visto bueno para poder ser novios; sin embargo, para Santiago había sido muy difícil toda la situación después del viaje a Guatemala y esperaba que el pastor pronto cambiara de opinión. Santiago fue el primero en hablar, eran tantos meses de silencio, sin poder expresar sus sentimientos… tuvo temor de hablar sin que los pastores lo aprobaran, pero su corazón estaba a punto de explotar, no podía callar más.

Encontró el valor para hablarle del día en que se enamoró de ella, como olvidar aquel sábado en donde su corazón le había dicho que había encontrado el amor de su vida. Esa mañana se habían encontrado en un centro comercial de la ciudad para invitar jóvenes a una de las reuniones de la iglesia. Valeria llevaba invitaciones que ella misma había hecho y el objetivo era invitar a cuantas personas pudieran. La idea de ir con Santiago le parecía excelente, a pesar de que no lo conocía mucho, había notado en las reuniones de jóvenes que era una persona con mucho sentido del humor, simpático y muy chistoso. Mejor compañero de evangelismo no podría tener, se dijo a sí misma.

El centro comercial estaba lleno, era el día y la hora perfecta para cumplir con su objetivo. Santiago milagrosamente había llegado primero al lugar de la cita, Valeria estaba un poco retrasada porque venía de quedarse en casa de una amiga y se le había hecho tarde. A lo lejos vio a Santiago esperándola al lado de la pista de patinaje. Llevaba una chaqueta elegante verde a cuadros, un jean, zapatos casuales y también tenía puestas unas gafas de sol. Al verlo, Valeria sintió algo diferente en su estómago, había visto a Santiago tantas veces en la iglesia, pero nunca se había fijado en él. No le gustó lo que sintió en su estómago y mientras caminaba para saludarlo se sintió enojada consigo misma por haber sentido algo diferente. Había pasado muy poco tiempo desde que terminaron la relación con su exnovio y para nada quería darse el permiso de interesarse por otro joven; «menos por Santiago», pensaba ella, porque en la iglesia tenía fama de no querer casarse. Tal vez por esa razón era que tantas muchachas se interesaban en él, probablemente era un reto para ellas ver cuál de todas podría conquistar su corazón.

Se saludaron de beso en la mejilla, como es costumbre en la mayoría de los países de Latinoamérica y Santiago inmediatamente notó que ella llevaba puestos zapatos de tenis blancos con calcetines negros. Valeria nunca estaba pendiente de la moda, su único interés al vestirse era sentirse bien y cómoda; sin embargo, cuando Santiago le hizo el comentario sobre los tenis y los calcetines se sintió incómoda, de acuerdo a lo que le dijo Santiago, esa no era una buena combinación. Inmediatamente ella se dirigió a una tienda de ropa cercana y compró un par de calcetines blancos. Después de ponerse los nuevos, tiró a la basura los calcetines viejos; ese día ella no se reconocía a sí misma, normalmente no hubiera hecho algo así, no entendía el porqué de su manera de actuar tan diferente.

La personalidad extrovertida de Santiago ayudó a que el tiempo de evangelismo además de fructífero, fuera divertido. Era tan fácil para él abordar a la gente, iniciar una conversación y finalmente compartirles sobre Jesús e invitarlos a la iglesia. Valeria estaba admirada, no conocía todas esas cualidades de él. Cuando estaban por terminar de repartir las invitaciones, se acercaron a una mujer joven, Santiago se presentó y también presentó a Valeria. La muchacha inmediatamente reconoció a Santiago y le dijo: "¿Cómo olvidar esa boca?", inmediatamente la cara de Santiago se volvió roja y Valeria sintió una vez más algo raro en el estómago. La conversación con esa joven terminó rápidamente y tanto Santiago como Valeria se sintieron incómodos… pero ¿porque se sentían así? Ellos ni siquiera eran amigos, sólo se conocían del grupo de jóvenes de la iglesia y un par de veces habían cruzado algunas palabras. Valeria se preguntaba ¿por qué la muchacha había reconocido la boca de Santiago? ¿Acaso se habían besado o habían sido novios en el pasado? Santiago interrumpió sus pensamientos y le empezó a explicar que esa joven había sido compañera de trabajo en el banco en donde trabajó un par de años, pero le aclaró que no entendía por qué le había hecho ese comentario si ellos nunca habían tenido una relación. Para entonces Santiago se sintió un poco confundido, no comprendía porque le estaba dando explicaciones a Valeria, tal vez era por pena, o porque era una joven de la iglesia y no quería que pensara nada equivocado de él.

Habían pasado más de 4 horas desde que se encontraron en el centro comercial, pero ni Santiago ni Valeria estaban cansados, por el contrario, ni siquiera se habían dado cuenta de que ya había pasado la hora del almuerzo. Santiago recordó que Lucas le había dicho que el almuerzo sería fríjoles y que, si Valeria no tenía otro compromiso, estaba invitada a almorzar con ellos. A Valeria le agradó la idea de ir a almorzar al apartamento de ellos y gustosamente aceptó la invitación. Lucas era muy buen cocinero, a Martín y a Santiago les encantaba la comida de su padre, especialmente los fríjoles con plátano verde ¡Esos fríjoles tenían fama de ser deliciosos! Al llegar al apartamento los recibió Margarita, la pequeña y traviesa hija de los vecinos. Valeria estaba hasta ahora sentándose a la mesa cuando Margarita le preguntó si ella era la "nueva novia" de Santiago, a lo cual ambos respondieron instantáneamente con un ¡no!

No era muy común que jovencitas visitaran el apartamento de estos tres hombres, entonces Lucas atendió muy especialmente a Valeria; el almuerzo y la conversación estuvieron estupendos y ya era hora de regresar a casa; sin embargo, una llamada telefónica cambió los planes de Santiago y Valeria. Como era costumbre en la iglesia, cada sábado los jóvenes invitaban a las jovencitas a salir, el objetivo era que todos se conocieran, que en algún momento se interesaran los unos por los otros, se formaran parejas de novios y futuros matrimonios cristianos. Ese día Santiago tenía "cita" con una muchacha; sin embargo, finalizando el almuerzo, el teléfono de la casa sonó. Era aquella joven para informarle que no podría salir con él porque algo de último momento había surgido. Al colgar, Santiago le preguntó a Valeria si tenía planes para esa noche; él tenía un grupo de amigos con los que generalmente organizaba sus citas y esa noche estaba encargado de llevar la cena, obviamente no podía faltar y no quería ir solo. Con tan sólo unos meses de estar saliendo en citas después de su rompimiento con su exnovio, Valeria aún se sentía extraña saliendo con otros jóvenes, sin embargo, sorpresivamente aceptó la invitación de Santiago con la única condición de que le permitiera invitarlo a comer el postre antes de ir a la cita con los amigos.

Se fueron caminando hasta otro centro comercial a unos diez minutos del apartamento de Santiago. Habiendo estado juntos desde la mañana, hasta ahora la conversación había tomado un giro interesante, pues ya no hablaban de temas generales, sino que ahora estaban un poco más interesados en conocerse el uno al otro. Valeria ordenó y pagó los helados; hacía mucho tiempo que una chica no invitaba a Santiago a nada y eso hizo que esa pequeña invitación fuera especial. El lugar estaba muy lleno por ser sábado en la tarde. Perdidos en su conversación, se metieron entre el tumulto de gente y se dejaron llevar. De un momento a otro, Valeria quería saber todo sobre Santiago y viceversa, ninguno de los dos quería que la conversación terminara. Sin proponérselo, Valeria decidió ponerle emoción al momento y le untó en la cara a Santiago el helado que se estaba comiendo. Salió gritando y corriendo entre la multitud, sin pensarlo dos veces, Santiago salió corriendo detrás de ella para tratar de hacer lo mismo. La escena era muy divertida, parecían dos niños pequeños correteándose el uno al otro y gritando como locos sin importar la gente alrededor. Disfrutando el momento, riendo como hacía tiempo no lo hacían, conociendo facetas del uno y del otro que ni se imaginaban que existían… la escena fue tan divertida que muchos años después decidirían repetirla en un supermercado del país del norte frente a sus hijos adolescentes.

Ahogados de tanto correr y gritar, finalmente pararon. En medio de risas terminaron de comerse lo que quedaba de los helados y Santiago se limpió el helado derretido que todavía tenía en su mejilla, ambos no podían creer que acababan de vivir uno de los momentos más especiales de su vida. Al mirar el reloj se dieron cuenta que estaban justo a tiempo para tomar un bus y llegar al lugar de la cita, cruzaron la avenida y tomaron el primer bus que pasó. Valeria se sentó y, para su sorpresa, Santiago se quedó en la parte de enfrente del bus. Con las pocas invitaciones que les habían sobrado después de invitar a muchos jóvenes por la mañana, él empezó a invitar a todos los que iban en el bus, hablándoles de Jesús; ella no lo podía creer. ¿Por qué nunca se había dado cuenta del hombre tan especial que era Santiago? Ahora entendía por qué tantas jovencitas de la iglesia suspiraban por él. Ambos se reirían cuando, muchos años después, Santiago le confesara a Valeria que él no entendía porque había hecho eso, él nunca lo había hecho antes ni lo haría después de aquel día; lo único que él pensaba era que realmente quería impresionarla… y realmente logró su objetivo.

Finalmente, Santiago se sentó al lado de Valeria y continuaron la conversación que habían comenzado de camino al apartamento de Lucas. Ambos sentían el deseo de conocer más de la vida del otro; las preguntas de Valeria eran profundas, quería saber sobre las creencias de Santiago, qué había en su corazón... y él estaba disfrutando cada minuto y cada pregunta que ella le hacía. Por primera vez se dio cuenta de que Valeria tenía espíritu de periodista y que con los años esa cualidad los ayudaría en muchas situaciones. En medio de la conversación se sumergió en sus pensamientos y se atrevió a pensar que quería casarse con una mujer así; él mismo no podía creer que estuviera pensando en casarse. Al igual que Valeria, él se desconocía a sí mismo.

Después de un trayecto de unos 45 minutos, finalmente llegaron al lugar a dónde se encontrarían con los otros muchachos de la iglesia. Había cuatro parejas más, todos amigos los unos de los otros y con el deseo de divertirse un sábado por la noche. A casi todos se les hizo raro ver llegar a Santiago y Valeria juntos, ellos sabían que Santiago había invitado a salir a otra chica y antes de que preguntaran algo, Santiago les explicó que la otra muchacha había tenido un inconveniente y que, muy amablemente, Valeria había aceptado acompañarlo a la cita. Todos se divirtieron muchísimo esa noche, en especial Santiago y Valeria que no dejaban de reírse y de disfrutar la compañía del otro; parecían un par de niños pequeños riendo a carcajadas de todo lo que el otro decía o hacía, ni siquiera se dieron cuenta que el tiempo había pasado y que ya era hora de ir a casa. Como era costumbre, y aunque tuvieran que ir a un lugar lejano, los muchachos siempre acompañaban a las chicas de regreso a su casa; en esta ocasión, para beneficio de Santiago, uno de sus amigos tenía carro y vivía cerca a la casa de Valeria, entonces las dos parejas se fueron juntas. Santiago y Valeria iban en la silla de atrás hablando de todo lo que habían hecho ese día. Se sentían como en el cuento de la Cenicienta, en donde ella estaba viviendo su propio cuento de hadas y no quería que llegara la medianoche; para no separarse de su príncipe azul. Valeria se atrevió a recostar su cabeza en el hombro de Santiago y le dijo que hacía mucho tiempo no la había pasado tan bien. Santiago por su parte, le dijo que había sido un día para recordar por mucho tiempo… el momento era mágico, pero ni el uno ni el otro se dijeron nada más. Sus emociones iban y venían, no hubiera sido sabio añadir algo más a un momento que parecía irreal.

A pesar de que Santiago era un poco olvidadizo, aquella noche de julio en el parque, en medio del frío y con apenas la luz de la luna iluminándolos, recordó minuto a minuto el día en que se enamoró de Valeria. Le confesó lo que pensó en el bus; le confesó que nunca había sentido el deseo de unir su vida en matrimonio con ninguna mujer hasta ese día; que ese día volvió a su apartamento sintiéndose diferente y con una sonrisa en sus labios que nadie le quitaría en mucho tiempo. Después de escuchar cómo Santiago recordaba minuto a minuto todo lo que habían vivido ese 5 de julio, Valeria también hizo sus propias confesiones; entre ellas el enojo que había sentido cuando esa mujer del centro comercial había hecho ese comentario sobre la boca de Santiago, o las mariposas que sintió cuando lo vio a lo lejos cerca de la pista de patinaje. También le dijo que esa noche había dormido con una gran sonrisa en sus labios, una sonrisa que al otro día se había afianzado más al llegar a la iglesia y escucharlo predicar. Ese domingo ella se preguntaba por qué no se había fijado antes en un hombre tan lleno del Espíritu Santo, tan guapo (a pesar de no ser alto y tener una nariz grande), tan cómico y especial.

Ahora, tres años después, mientras hacían fila para hablar con el agente de inmigración de los Estados Unidos, Valeria escuchaba las palabras del hombre que desde ese entonces le traía paz y tranquilidad a su corazón. Recordaba ese domingo, esa predicación, esa sabiduría, esa manera de explicar los versos y pasajes de la Biblia que hacía que ella lo admirara cada vez más y más. Mientras el agente revisaba las maletas, Santiago y Valeria oraban mentalmente; gracias a Dios el agente no encontró ninguna de las fotos ni los documentos que evidenciarían que su estadía en el país sería larga… por no decir indefinida. Finalmente, el agente les entregó sus maletas, les dio la mano y la bienvenida a su país. Felices recibieron sus maletas, se agarraron de la mano y dieron sus primeros pasos en la que, muchos años después, sería su nueva patria.

A pesar de conocer aeropuertos en otros países, nunca habían estado en uno tan grande y tan moderno; el aeropuerto internacional de Miami parecía una ciudad dentro de la ciudad, centros comerciales, hoteles y restaurantes todos en un mismo lugar. Cuando sintieron que estaban lo suficientemente alejados de los agentes de inmigración, soltaron las maletas y se fundieron en un abrazo de felicidad y lágrimas. Dios había cumplido su promesa de traerlos a esa tierra prometida y ese era el primer día de su nueva vida. Venían sin mucho dinero, sólo tenían dos mil dólares y dos maletas llenas de ropa y algunos regalos para la familia; sin embargo, lo que no traían en dinero o posesiones lo traían en sueños. Ahora entendían lo que la gente llamaba el sueño americano, ese deseo de prosperar y tener éxito de acuerdo a los estándares sociales: lograr tener un trabajo seguro, tener un lugar donde vivir, tener un carro propio… y un perro; de preferencia labrador, como se veía en las fotos de las revistas que mostraban a las familias americanas. Después de secarse las lágrimas, buscaron un mapa del aeropuerto y se dispusieron a encontrarse con los tíos de Valeria.

Maruja y Pacho llevaban 25 años en el país del norte. Tenían tres hijos; pero ya ninguno vivía en casa con ellos, por eso estaban dedicados a recibir sobrinos y familiares que venían a visitarlos de vez en cuando. A pesar de no haber conocido antes a Santiago, los tíos Maruja y Pacho lo recibieron como si fuera otro de sus sobrinos. Desde el primer momento no se sabía si él o Valeria era el sobrino de sangre porque fueron muy especiales con él. Eran aproximadamente las 5:30 pm y antes de iniciar el viaje de casi 8 horas a Tallahassee, Maruja y Pacho querían darles un paseo por Miami Beach, así que se apresuraron a salir. Si Santiago y Valeria habían quedado impactados con el aeropuerto, quedaron mucho más deslumbrados cuando vieron las calles y los bellos edificios de Miami Beach. «¡Las avenidas no tienen hoyos! ¡No hay basura en las calles! ¡Pareciera que acabaran de construir la ciudad, todo se ve nuevo!», eran algunas de las frases que Santiago y Valeria decían, estaban maravillados con todo lo que veían. Alrededor de las 9:00 de la noche el tío Pacho sugirió que era hora de ir a comer. Cuando el tío mencionó la hora, ninguno de los dos podía creer que eran las 9:00 pm y todavía era de día.

No habían estado ni siquiera 24 horas en el país del norte y ya les encantaba todo.

Había sido un día lleno de fuertes emociones, todo parecía irreal, era como estar en el mejor de los sueños y no querer despertar jamás; sin embargo, estaban bastante cansados, así es que, cuando la tía Maruja les anunció que pasarían su primera noche en un hotel en Fort Lauderdale les pareció una excelente idea. A la mañana siguiente bajaron a desayunar, todo les sabía delicioso. Tiempo después, Santiago y Valeria se reirían acordándose que el día de su llegada, parecían salidos de una isla desértica; como si nunca hubieran visto cereal, pancakes, manzanas y jugo de naranja. El camino hasta Tallahassee duró casi 7 horas, el tiempo suficiente para que Valeria mostrara sus capacidades periodísticas y preguntara cuanta cosa le parecía importante. Ambos escuchaban atentamente todos los consejos y recomendaciones que los tíos les hacían. Particularmente, hubo dos cosas que el tío Pacho dijo y que recordarían por muchos años: «En el país del norte lo más valioso es la información». Cosa que comprobarían rápidamente; porque sin información sobre dónde trabajar, dónde vivir, dónde comprar un carro, cómo poner los servicios públicos, a qué iglesia asistir, etcétera, es imposible sobrevivir en un país en donde casi nadie habla con sus vecinos y hacer amigos no es cosa fácil. La otra cosa que el tío dijo fue algo dolorosa: «sus compatriotas serán sus más arduos enemigos». Después de afirmar eso, el tío prosiguió a explicarles que muchas de las personas de su mismo país o raza empezarían a observar la suerte que ellos tendrían en este país, qué tanto progresarían, los carros que tendrían, los trabajos que conseguirían, las oportunidades que se les presentarían. Muchas de esas personas empezarían a envidiarlos si les iba bien y especialmente, si comenzaban a obtener cosas materiales más rápidamente que otras personas y tal vez les negarían cierta información o comenzarían a ser negativos. En conclusión, les advirtió que tuvieran cuidado en quien confiaban y también a quien le pedían ayuda.

Tallahassee era una ciudad menos moderna que Miami y Fort Lauderdale, pero muy tranquila. Durante su corta estadía, los tíos Pacho y Maruja los llevaron a conocer el capitolio. Fue allí también donde visitaron por primera vez, en este país, un centro comercial. Además de ver fotos y recordar viejos tiempos, Santiago y Valeria decidieron descansar después de varios meses de estrés y actividades preparando el viaje. Los cuatro días se fueron volando y como querían ahorrar, decidieron viajar en bus a su destino final, en lugar de tomar un vuelo. Entre abrazos y agradecimientos se despidieron de los tíos y se embarcaron en el último trayecto para llegar a Nueva Orleans. Felices y algo nerviosos por no hablar casi inglés, tomaron sus puestos y se dispusieron a disfrutar de las 10 horas del viaje; fue así como, por primera vez, se montaron en un bus de Greyhound. Valeria pensaba que si se dormía se perdería la oportunidad de ver paisajes que quién sabe cuándo más volvería a ver, así que a pesar del cansancio no durmió. Por otro lado, Santiago, menos interesado por el paisaje, durmió gran parte del camino, con excepción de las horas de las comidas.

Esteban era un primo de Valeria y fue quién los convenció de llegar a Nueva Orleans en lugar de llegar a Oklahoma City, su mayor argumento era que Nueva Orleans era una ciudad mucho más grande y con más oportunidades de trabajo. El reencuentro con Esteban fue especial, hacía bastantes años que Valeria y él no se veían. Después de presentarle a Santiago se dirigieron a la casa en donde vivía Esteban, era una casa muy amplia para sólo una persona; tenía tres cuartos, dos baños, sala, comedor, cocina y un patio bastante grande. A la mañana siguiente salieron a conocer el vecindario, Esteban no paraba de hablar de todas las oportunidades que iban a tener y de que muy pronto tendrían una casa como la de él. El barrio era de clase media, a unos 25 minutos del centro de la ciudad. Las casas se veían como en las películas de Hollywood, todos los jardines muy bien cuidados y todas las casas se veían exactamente iguales; a Valeria y Santiago eso les pareció fascinante debido a que en su país todas las casas eran diferentes, cada uno construía como quería y del color y tamaño que quisiera, de alguna forma les encantaba la uniformidad del vecindario. Esteban se ofreció a prestarles uno de sus carros para que fueran a conocer el centro; sin embargo, ninguno de los dos quiso manejar sin conocer la ciudad, especialmente por las altas velocidades a las que se maneja por las autopistas. Así es que Esteban los llevó y los dejó en la zona más antigua de la ciudad, pero la más fascinante… el French Quarter.

El French Quarter, o barrio francés, se veía encantador. Un lugar lleno de historia y de edificios de arquitectura colonial europea, todos dignos de admiración. Había muchos lugares por conocer: restaurantes, museos, el mercado al aire libre, tiendas, galerías y muchas otras cosas más; las opciones no tenían límites. Santiago estaba maravillado con los músicos callejeros, el jazz inundaba sus oídos con sonidos mágicos que traían a su memoria los años juveniles, cuando asistía a la escuela de música para aprender a tocar la trompeta; los ritmos alegraban cada parte de su ser, era como estar en el cielo. Mientras tanto Valeria no paraba de ver a la gente en las calles, personas de todas las nacionalidades, colores y tamaños; grandes, pequeños, altos, gordos, muy gordos, flacos, blancos, negros… en ese momento recordó que el tío Pacho les había advertido sobre ciertas palabras de connotación racista, que era mejor no usar en este país. En realidad, había pasado muy poco tiempo para que ella entendiera los problemas raciales del país del norte; trataba de razonar y de imaginar porqué era ofensivo decir que alguien era gordo, negro o blanco; si las personas realmente se veían así. Era un concepto diferente, ya que en el país de dónde venía, era muy normal llamar a la gente negro o gordo, incluso esas palabras se utilizaban como apodos para llamar a alguien de una manera cariñosa. Es más, también existía el Festival de Negros y Blancos y no recordaba que alguien se hubiera ofendido por eso. Santiago la sacó de sus pensamientos y le propuso que fueran a caminar a la orilla del río Misisipi, idea que le pareció maravillosa, ¿Cuándo se habían imaginado ellos caminar cerca al río Misisipi? ¡Nunca! Entonces era una gran oportunidad para ir a tomarse fotos al lado de los grandes cruceros que estaban llegando en ese momento.

La mañana en la que Alejandra y Daniel dejaron a Santiago y Valeria en el aeropuerto, hubo muchos sentimientos encontrados en el corazón de Alejandra; por un lado, la alegría de saber que su hermana Valeria comenzaba una nueva vida llena de sueños y metas, pero por otro lado la tristeza de no saber cuándo se iban a volver a ver. Alejandra no sólo era la hermana de Valeria, también era su mejor amiga, su cosmetóloga, su decoradora de interiores, su fotógrafa, su diseñadora, su asesora de modas... en fin todo lo que tuviera que ver con el arte; para ambas era muy difícil separarse. Su esposo, Daniel, la consolaba y le prometió que pronto irían a visitarlos; sin embargo, Alejandra sabía que para una pareja que llevaba menos de un año de casados y con Daniel todavía en la universidad, sería muy difícil viajar pronto. Tomaron el bus a casa y por el camino Alejandra no pudo evitar que las lágrimas rodaran por sus mejillas, no entendía esa sensación de abandono en su corazón, sabía que su hermana no la había dejado a propósito, pero la sensación era muy fuerte, probablemente el mismo dolor que sintió el día en que sus padres se divorciaron.

Daniel estaba cursando su tercer año de contabilidad, hubiera querido terminar su carrera antes de la boda, pero el amor fue más fuerte que la razón y decidieron casarse. Trabajar y estudiar al mismo tiempo no era nada fácil, pero con la colaboración de Alejandra todo iba viento en popa. Estaba muy satisfecho con su trabajo, trabajaba para una empresa importante de contabilidad de la ciudad y a pesar de no ser profesional todavía, le pagaban muy bien porque hablaba inglés. Precisamente esa fue la razón por la que un par de semanas después del viaje de Valeria, su jefe lo llamó a su oficina para proponerle un traslado a Jacksonville, Florida. Daniel no lo podía creer, ese había sido el sueño de toda su vida, vivir en otro país y desarrollarse aún más como profesional. Sabía que Alejandra lo aceptaría fácilmente, no sólo porque su hermana se acababa de ir para Luisiana, sino porque Laura, su suegra, y sus padres tenían la visa para viajar al país del norte. Además, la profesión de Alejandra era muy flexible y fácilmente podría vincularse en alguna empresa o podría ser una trabajadora independiente. Sólo había algo que lo preocupaba, a pesar de que su jefe le aseguró que lo entrenarían en lo concerniente a las leyes contables de ese país, terminar su carrera allá no sería fácil, el proceso de validación podría ser largo y además tendría que tomar el temido test CPA para contadores.

A Laura no le sorprendió que Alejandra aceptara irse para otro país, ella con su vena artística siempre había demostrado que tenía un espíritu libre y no tenía miedo de volar a donde hubiera mejores vientos; sin embargo, una gran tristeza la invadió al pensar que estaría muy lejos de sus dos hijas y también de sus futuros nietos. Su inquietud le duró muy poco, ya que después de orar, Dios trajo paz a su corazón; aunque no sabía qué traería el futuro, sabía que Dios estaba en control y que todo estaría bien. Con la bendición de Laura y de los padres de Daniel, Alejandra y su esposo viajaron a Jacksonville un mes después de la partida de Valeria y Santiago.

Mientras tanto, Santiago y Valeria seguían disfrutando de su nueva ciudad, descubriendo nuevos lugares, nuevas comidas, nuevos olores, nuevas personas; todo era tan diferente y a la vez tan divertido. Al poco tiempo, la diversión empezó a llegar a su fin cuando se sentaron a tener una conversación seria con Esteban acerca de sus futuros trabajos. Había pasado una semana y Santiago decidió que ya era tiempo de dejar de ser turistas y adaptarse a su nueva realidad, necesitaban conseguir trabajo y buscar un lugar en donde vivir. Las palabras de Esteban retumbaron en los oídos de Valeria: «Ustedes son ilegales y el único tipo de trabajo que pueden conseguir es en el área de construcción para Santiago y en una cocina para Valeria. Para empezar, tienen que sacar una tarjeta de seguro social y una identificación falsificadas, para que luego puedan aplicar para un trabajo». Esas noticias fueron como un balde de agua fría para ella, ni Lucas, ni Martín, ni Cristina habían mencionado nada de eso. Antes de viajar, ni Santiago ni Valeria se habían preguntado cómo iban a trabajar en el país del norte; sabían que serían ilegales porque se quedarían más tiempo del que les autorizaron quedarse, pero más allá de eso, no sabían cómo funcionaban las cosas. En realidad, la ingenuidad de la pareja era demasiada, casi que ridícula, ¿a quién se le ocurría irse a vivir a otro país sin averiguar todos esos detalles?

Las luchas internas y los problemas de culpabilidad de Valeria comenzaron cuando Esteban les explicó que tendrían que ir a un lugar clandestino, llevar unas fotografías y pagar una cantidad de dinero para que les entregaran los documentos falsificados; además lo más recomendado era que cambiaran sus nombres para no tener problemas en el futuro. Les advirtió que jamás llevaran con ellos esos documentos, porque usar documentos falsos era un delito. Si en algún momento los llegaba a parar la policía y les encontraba documentos falsificados, enfrentarían la cárcel y la deportación. En cuestión de minutos lo que parecía ser el comienzo del sueño americano, parecía la peor pesadilla; a pesar de que llevaban casi dos semanas en el país y tenían permiso para estar por 6 meses, sin haber hecho nada en contra de la ley la palabra ilegales ya hacía parte de sus vidas, para Santiago y Valeria esa era una situación aterradora. Las preguntas no se hicieron esperar: ¿Por qué Dios les había dado el versículo en Deuteronomio?, ¿Por qué Dios había permitido que les dieran la visa?, ¿Por qué los familiares de Santiago no habían mencionado nada de los documentos falsos?, ¿Sería mejor devolverse a su país?

Valeria estaba lejos de saber que Dios tenía muchos propósitos reservados para ellos en esta nueva etapa de sus vidas, sería un curso intensivo de humildad y de dependencia total en Él. Toda su vida, ella se había considerado una persona buena. A los 13 años de edad, poco tiempo después del divorcio de sus padres, había comenzado su caminar con Jesús al recibirlo en su corazón. De ahí en adelante trató de ser una buena persona; sin embargo, solo hasta que cumplió 20 años, ella comprendió que realmente no era buena. Ese fue el tiempo en el que comenzó a asistir a una nueva iglesia, en donde le ofrecieron la oportunidad de hacer estudios personalizados de la Biblia. Ella entendió que no hay nadie que sea realmente bueno, que su salvación dependía única y exclusivamente del sacrificio que Jesús había hecho en la cruz; por amor a ella y a toda la humanidad. Leer la Biblia la había ayudado a comprender esta verdad y a quitarse de la cabeza la idea de que era buena porque no había matado a nadie o no había robado. No obstante, las palabras de Esteban retumbaban en su cabeza y se sentía muy mal, pensaba que muy pronto se convertiría en una delincuente.

Santiago también estaba luchando con sus pensamientos y lo primero que hizo fue llamar a su padre. Lucas le confirmó que, para poder trabajar en este país, debía conseguir esos documentos falsos y que la razón por la que no se lo había mencionado antes, fue por el temor de que, al saberlo, ellos se arrepintieran de viajar; «Hijo, perdóname, sé que debí haber confiado en Dios y contarles antes de que viajaran» fueron las palabras con las que Lucas le pidió perdón a Santiago. Después de colgar, él le contó todo a Valeria. Ella estaba bastante confundida, sentía que quedarse en el país del norte y conseguir esos documentos falsos iba en contra de sus creencias y que su conciencia nunca quedaría tranquila. El gozo y la alegría de la primera semana habían desaparecido. Ambos sentían la necesidad de ir a una iglesia, pero no habían visto ninguna hasta ahora, tampoco conocían a nadie diferente de Esteban y su novia, a la que habían visto sólo un par de veces. A Santiago se le ocurrió que era el momento de comenzar a tomar clases de inglés para despejar un poco sus mentes y conocer nuevas personas que les dieran más información para poder trabajar, tal vez había otra manera de hacerlo sin tener que conseguir esos documentos falsos.

Esteban los llevó a un college cercano a la casa, las clases ya habían comenzado hacía dos semanas así que todos los estudiantes ya se conocían entre sí. Valeria y Santiago acercaron un par de sillas y se unieron al círculo de estudiantes. De inmediato el maestro les dio la bienvenida a la clase y comenzó a hacerles preguntas en inglés; como pudo, Valeria respondió a las preguntas, pero el maestro extrañado porque Santiago no decía nada, le preguntó si era que Santiago era mudo. La clase estalló en risa mientras que Santiago no entendía nada de lo que estaba pasando, finalmente Valeria le explicó la situación y Santiago un poco apenado saludó a la clase con un tímido «Hello». Esa primera clase de inglés fue una experiencia que nunca olvidarían y que sería contada incansablemente como una de sus primeras anécdotas en este país.

La clase de inglés era sólo dos veces por semana, entonces el tiempo libre que les quedaba lo dedicaban a buscar trabajo y a buscar una iglesia. Con su reducido conocimiento de inglés, Valeria le contó a la novia de Esteban que Santiago y ella eran cristianos y que querían encontrar una iglesia, la muchacha muy amablemente se ofreció a llevarlos y también le dijo que desde hacía un tiempo ella quería conocer un poco de la Biblia y le gustaría asistir a la iglesia ese domingo con ellos. Valeria muy emocionada con esa noticia le contó a Esteban sobre la conversación con su novia y, para su sorpresa, Esteban reaccionó agresivamente amenazándola con quitarle su ayuda si llevaba a su novia a una iglesia cristiana y también le advirtió que no quería escuchar nada sobre la Biblia en su casa. Para Valeria eso fue como un baldado de agua fría, jamás esperó una reacción así por parte de su primo. Toda la familia sabía que ellos eran cristianos y no entendía porque le había hecho esas advertencias; desilusionada y confundida pensó que era mejor no comentarle nada a Santiago para que no hubiera un ambiente difícil con Esteban. Sin embargo, Santiago conocía muy bien a su esposa e inmediatamente notó que algo no estaba bien. Esa misma noche, después de que Valeria le contó la situación que se había presentado con Esteban, Santiago llamó a su padre, le explicó lo que había sucedido y le preguntó si los podía recibir en Oklahoma City. Santiago había accedido a vivir en Nueva Orleans, lejos de su padre y su hermano, porque él y Valeria creían que tendrían mejores oportunidades allí; pero para ellos, nada estaba por encima de Dios y no estaba dispuesto a someterse a los pedidos de Esteban. Lucas y Martín estaban fascinados con las buenas nuevas, sus oraciones habían sido contestadas y de nuevo la familia estaría unida.

A la mañana siguiente Valeria habló con Esteban y le explicó las razones de la decisión que ella y Santiago habían tomado, Esteban sin hacer ningún comentario procedió a ayudarlos a comprar los tiquetes para viajar una vez más vía Greyhound, y les insistió en que él les podía conseguir los documentos falsos ese mismo día antes de que viajaran. Santiago y Valeria estuvieron de acuerdo en conseguirlos antes de viajar, ya que habían estado indagando con sus compañeros de la clase de inglés y todos les habían aconsejado conseguir los documentos, porque efectivamente sin esos documentos no encontrarían trabajo. Entonces, procedieron a tomarse las fotos y a darle el dinero a Esteban para que los mandara a hacer. En cuestión de horas, Esteban los tenía en su mano y se los entregó a Santiago, recordándole que no debía llevarlos con él bajo ninguna circunstancia, a menos que fuera a conseguir trabajo. El sentimiento de culpabilidad por sacar esos documentos fue horrible, Santiago y Valeria se sentían como unos delincuentes, sabían que estaban violando la ley de este país y que las consecuencias podrían ser terribles si algo salía mal... desde ese día en adelante ver a un policía en la calle ya no les daba sensación de seguridad, sino que por el contrario les producía temor.

Empacar la maleta fue muy rápido. Al día siguiente, muy temprano tomaron el bus que los llevaría a su nuevo y último destino: Oklahoma City, un lugar que no conocían y del que sabían muy poco, pero que sería su nuevo hogar por muchos años; el lugar en donde nacerían sus dos hijos.

Dios permite tanto los días buenos como los días no tan buenos.

1999 segundo semestre
Cuando te llegue un mal día, piensa que Dios es el autor de uno y de otro, y que los mortales nunca sabremos lo que vendrá después. Eclesiastes 7:14.

Era la época en que increíblemente la mayoría de personas no tenían celular. Aunque Lucas, Martín y Cristina no estaban seguros de la hora de llegada de Santiago y Valeria, y además de no tener forma de comunicarse, llegaron muy temprano a la estación de Greyhound. La espera fue de una hora más o menos y con cada minuto que pasaba las emociones aumentaban, nuevamente la familia estaría reunida viviendo en la misma ciudad.

La llegada a Oklahoma City fue muy emocionante, Lucas y Santiago se fundieron en un largo abrazo, padre e hijo juntos de nuevo, las lágrimas rodaron por las mejillas de todos y Valeria estaba feliz de saber que después de haber recorrido más de 1500 millas desde su llegada a Miami, por fin habían llegado a su destino final. El corto viaje al apartamento de Lucas parecía un viaje turístico, Martín casi se salía por las ventanas del carro mostrándole la ciudad a su hermano y su cuñada, les compartía todo lo que sabía de la ciudad; les explicaba el sistema de nomenclatura, las calles, las autopistas, el centro… en fin les dijo todo lo que pudo en los 15 minutos de camino a casa. El conjunto de apartamentos donde vivían Lucas, Martín y Cristina estaba localizado en el noroccidente de la ciudad, eran unos apartamentos sencillos, pero con todo lo necesario para vivir cómodamente; Santiago y Valeria observaban todo con detalle, les parecieron muy bonitos los jardines, estaban encantados de ver que tenía piscina y también les llamó la atención que tenían un cuarto de lavandería comunal. No paraban de comparar todo con su ciudad natal, jamás habían tenido piscina en donde vivían y no conocían a nadie que tuviera una en su casa porque el clima de la ciudad no lo permitía. Tampoco habían disfrutado de tantas zonas verdes, porque su ciudad natal era una metrópoli llena de construcciones de concreto por todas partes; con excepción de un bello e inmenso parque en la mitad de la ciudad, que era conocido como su único pulmón. Sin embargo, saber que todos los apartamentos estaban construidos con madera y recubiertos de paneles de madera o de vinilo, los dejó todavía más impactados ¡no lo podían creer!

Valeria, nuevamente haciendo uso de sus dotes periodísticas, hacía una infinidad de preguntas:

«¿Cómo es posible que estas casas y apartamentos hechos de madera y papel se mantengan en pie por tanto tiempo?

¿Por qué los edificios de apartamentos sólo son de dos pisos?

¿Cómo es posible que las termitas no se coman estas construcciones?

¿Por qué no construyen con concreto y ladrillo al igual que en nuestros países?»

Lucas, Martín y Cristina estallaron en carcajadas ante todas las preguntas de Valeria. Hija, tú no cambias, respondió Lucas, aún no sabemos las respuestas a todas tus preguntas, pero estoy seguro que cuando las encuentres, tú misma nos las contarás. Sólo habían pasado 6 meses desde que Lucas había llegado a OKC, pero ya tenía en su apartamento todas las cosas necesarias, incluso ya había terminado de pagar la camioneta en la que fue a recogerlos. El apartamento era bastante amplio, tenía tres cuartos, porque desde que llegó, Lucas tenía la esperanza de que Dios también iba a traer a sus hijos; y ese día, precisamente, era el día en que su sueño se hacía realidad. Santiago y Valeria se instalaron en su cuarto, pero, aunque Martín estaba ansioso de salir y seguir mostrándoles la ciudad, ellos decidieron acostarse temprano porque el viaje había sido largo y estaban bastante cansados.

A la mañana siguiente, a pesar de que el desayuno era el mismo de todos los días, a todos les pareció delicioso; todo sabía mejor cuando era compartido en familia. Lucas había pedido el día libre en el trabajo para comenzar a ubicar a su hijo y nuera, Santiago le comunicó que ya tenían la identificación y la tarjeta de seguro social falsos, pero que en lo posible preferían no tener que usarlos. Lucas le comentó que lo primero que debían hacer era viajar lo antes posible a Wichita, Kansas; ya que hacía pocos días se había enterado que ese era el estado más cercano que estaba emitiendo licencias de conducción a personas que hubieran entrado al país hacía tres meses o menos y que tuvieran la visa y el permiso de estadía vigentes. Esa licencia les daría tranquilidad temporalmente mientras manejaban y también les serviría de identificación para buscar trabajo. Sería una gran bendición y un beneficio que ni Lucas, Martín ni Cristina habían podido obtener, debido a que obtuvieron la información demasiado tarde; Valeria inmediatamente recordó las palabras del tío Pacho sobre lo valiosa que es la información en este país y al instante se pusieron a organizar el viaje a Wichita.

Lucas trabajaba en una fábrica de alternadores, entraba muy temprano en la mañana. Martín trabajaba en una cadena de comidas rápidas haciendo hamburguesas. Ninguno de los dos podía pedir otro día libre para llevar a Santiago y a Valeria a Wichita, ya habían pedido dos días libres y entre menos horas trabajaran, menos dinero recibían. Santiago y Valeria comenzaron a comprender que en el país del norte la mayoría de empleos pagan por horas, mientras que en su país pagan un salario mensual, era un cambio bastante grande, pero terminarían por acostumbrarse. Lucas se encargó de pedirle el favor a una pareja de amigos para que llevara a su hijo y su nuera hasta Wichita, el compromiso era que ellos tendrían que pagar la gasolina y los parqueaderos. El viaje a Wichita fue de tres horas, los paisajes eran muy diferentes a los que habían visto en la Florida y en Luisiana; por primera vez en su vida vieron ardillas y búfalos, Valeria estaba tan feliz y emocionada como una niña pequeña mirando por la ventana. Los amigos de Lucas fueron muy amables, pero muy aburridos, hablaron muy poco durante el viaje, eran demasiado callados, mientras que Santiago y Valeria parecían cotorras en la silla de atrás.

Wichita era una ciudad mediana, los alrededores indicaban que era bastante industrial. Como el objetivo era llegar lo más rápido posible a la oficina de licencias, no hubo tiempo para ir a conocer el centro de la ciudad. Las filas eran largas y los nervios crecían con el pasar de las horas. Unos conocidos de Lucas y Martín, les habían informado que allí estaban dando las licencias de conducción a extranjeros, aunque no tuvieran la tarjeta de seguro social, pero que llevaran en el país menos de tres meses y que tuvieran su permiso de estadía vigente. No obstante, ellos no tuvieron tiempo de indagar más y comprobar que esa información era cierta. Esteban ya les había explicado que en la mayoría de los estados pedían la tarjeta de seguro social para obtener una licencia, por eso Santiago y Valeria habían decidido tomar el riesgo y viajar a Wichita. Ambos estaban bastante nerviosos: tomarían el examen escrito en inglés, tendrían que comunicarse con el agente de Policía también en inglés, conducirían el carro de los amigos de Lucas sin haberlo conducido antes y además, manejarían por las calles de un país en el cual nunca habían manejado antes y en una ciudad que no conocían. Santiago, a pesar de hablar y entender menos inglés que su esposa, decidió pasar primero, así, después de hacer la prueba podría contarle a Valeria cómo era todo y ella entraría un poco más tranquila. Mientras esperaban su turno, Valeria estudiaba el manual de conducción y le aconsejaba a Santiago que también lo hiciera, pero él ya había leído lo que creía que era más importante y prefería no llenarse de información a último momento y entrar confundido a tomar el examen. Santiago prefirió recordar viejos tiempos.

Habían pasado casi dos años desde que Santiago había aprendido a manejar. Martín había comprado un pequeño bus colectivo de transporte público con un dinero que el estado les había dado después de la muerte trágica de su madre. Nadie entendía por qué Martín había comprado un bus colectivo si ni Lucas, ni Santiago, ni Martín sabían manejar; toda la familia lo veía como una locura, pero para Martín había sido su mejor opción. El bus llevaba varios meses estacionado frente al apartamento donde vivían todos. Un día, a Santiago se le ocurrió una manera de sacarle provecho económico a la inversión de Martín: Valeria conduciría el bus y él cobraría el dinero de los pasajes; a Valeria no le pareció mala idea, sobre todo porque lo podrían hacer en las noches, después de cerrar el restaurante que habían comprado en el centro de la ciudad. Las primeras noches fueron muy divertidas, era muy chistoso escuchar las reacciones de los niños al ver que el bus era conducido por una mujer; en los noventas no era muy común ver mujeres manejando transporte público en su país y por esa razón la mayoría de niños hacían algún comentario al respecto al subirse al bus. El tráfico de la ciudad era muy congestionado y en menos de dos semanas Valeria empezó a sentirse cansada. Ella no estaba acostumbrada a manejar durante tantas horas y las jornadas eran agotadoras. Anteriormente, ella solo había manejado el primer y único carro que su familia había tenido: un Renault 4 azul, el carro que había comprado cuando cumplió 20 años. Valeria empezó a quejarse de calambres en las piernas debido a que el pedal del embrague era muy duro y no podía alcanzarlo fácilmente, ya que el asiento del conductor no podía moverse hacia adelante. Eso era un gran problema para una mujer como ella, con apenas 1.57 metros de estatura. Santiago, preocupado por ella, le propuso que le enseñara a conducir. La idea era que después de hacer la ruta del bus colectivo, ella le enseñara a manejar en el vecindario en el que vivían. A Valeria le pareció buena la idea porque para esa hora sería casi la media noche y no habría mucho tráfico.

Después de un par de clases, Santiago sintió que estaba listo para manejar el bus colectivo y como Valeria estaba exhausta de manejarlo, no se opuso. Como de costumbre, comenzaron su ruta en una de las avenidas principales del occidente de la ciudad. Era la hora pico y en menos de cinco minutos el bus colectivo estaba lleno. El amor que Santiago sentía por Valeria era más grande que los nervios en su primer día conduciendo, pero la verdad era que, por más amor que sintiera, él no estaba preparado para el tráfico de la ciudad. La presión de conducir un vehículo con más de 15 pasajeros a bordo fue demasiada, Santiago sentía que sudaba de manera que le salía agua por todo el cuerpo. Por más que intentaba hacer todo lo que Valeria le había enseñado, el bus se apagaba cada vez que paraba en un semáforo en rojo o para recoger y dejar a los pasajeros. La tensión y el tráfico eran horribles y, aunque Valeria se moría de la vergüenza, ella decidió no decirle nada a su esposo para no hacerlo sentir peor. Prefirió mentalmente hacer una oración para que Dios lo cuidara y lo ayudara a llegar al paradero de los buses colectivos. Finalmente dejaron al último pasajero y se abrazaron después de haber vivido tres de las horas más estresantes de sus vidas. A pesar de toda la tensión y vergüenza que Valeria sintió, le expresó a Santiago su admiración y cuán orgullosa se sentía de él. Esa noche ambos durmieron profundamente. Un mes después Santiago ya manejaba el bus colectivo diariamente y decidió enseñarle a conducir a Martín, pues ya era tiempo de que se hiciera cargo de su inversión y él mismo lo condujera.

Al igual que Valeria, Santiago se sentía algo nervioso del examen de conducción que estaba a punto de presentar, pero él sabía que su verdadero examen había sido unos años atrás el día que por un milagro de Dios fue capaz de conducir por tres horas un bus colectivo con 15 pasajeros a bordo, recordar todas esas experiencias lo hizo sonreír y también de alguna manera le dio la tranquilidad que necesitaba. Ambos pasaron el examen escrito y ahora era el turno para que Santiago hiciera su examen de conducción, sin saber inglés y con sólo tres semanas en el país logró entender todas las órdenes que el agente de policía le dio, cuando el agente le entregó su nueva licencia de conducción americana lo único que pudo hacer fue darle gracias a Dios porque sabía que no había sido por sus capacidades o conocimientos, sino porque Dios lo había permitido. Ahora era el turno de Valeria, Santiago le dio algunas instrucciones y le explicó lo que tendría que hacer, sin embargo, tanto él como ella estaban seguros de que, si él había pasado el examen sin hablar ni entender inglés, para Valeria sería un poco más fácil. Todo salió muy bien hasta que el agente le ordenó volver a la estación de policía y ella cometió un pequeño error al hacer un giro a la izquierda, el agente le explicó que no le podía dar su licencia ese día, pero que practicara un poco más y regresara al día siguiente. La cara de Valeria le dijo todo a Santiago, él la animó y le dijo que había sido por los nervios, que no se preocupara y que tan pronto pudieran regresaban, Valeria sabía que no era tan fácil volver a hacer un viaje de casi 7 horas ida y vuelta sobre todo porque necesitaban comenzar a trabajar lo antes posible. Nada sabían Santiago y Valeria sobre los planes de Dios para sus vidas y en especial para la vida de Valeria, este suceso muy poco tenía que ver con los nervios o con el poco inglés que Valeria sabía, pero sí tenía mucho que ver con "el curso intensivo de humildad" que Dios tenía reservado para ella y para su bien, las pruebas hasta ahora comenzaban. Dios en su bondad le permitió regresar un mes después y Valeria logró obtener su licencia de conducción antes de que su permiso de estadía en este país se venciera.

Cada día era una nueva aventura en Oklahoma City, de alguna manera Santiago y Valeria sentían que su estadía en esta ciudad iba a ser por un largo tiempo y era imperante conocer la ciudad lo antes posible. El transporte público era casi inexistente y era importante ubicarse porque pronto estarían conduciendo. A la semana siguiente de haber llegado, Lucas los llevó al lugar donde él había comprado su carro y con parte del dinero que llevaban Santiago y Valeria lograron comprar su primer carro en el país del norte, era un Buick Vinotinto del año 89, tenía bastantes millas, pero estaba muy bien cuidado; estaban felices y emocionados. Los primeros días conduciendo fueron un desafío, a pesar de que el carro era automático y mucho más fácil de manejar que los carros mecánicos que se manejaban en su país, algunas señales de tránsito eran nuevas para ellos. Muchas cosas les impactaron: por ejemplo, que nadie tocaba el pito en las calles, el respeto al peatón y a los ciclistas, el acato a las leyes de tránsito que se cumplen con rigor, aunque no esté presente un agente de tránsito, el uso del cinturón de seguridad, el respeto al paso de las ambulancias, carros de bomberos y buses de las escuelas públicas y muchas otras normas que se respetan estrictamente. Por supuesto no fue fácil adaptarse a esta nueva manera de conducir, no sólo porque algunas reglas eran nuevas sino porque venían de un país en donde se conduce de una manera indisciplinada y desordenada y ellos manejaban así. Pero definitivamente lo que les costó más trabajo acostumbrarse fue la ubicación de los semáforos, los cuales están ubicados al otro lado de la avenida y las altas velocidades a las que se manejan en las autopistas.

Después de casi dos semanas en la ciudad y de escuchar los consejos de Lucas, Martín y sus amigos, Valeria y Santiago salieron a buscar trabajo con una lista de posibles empleos en restaurantes de comidas rápidas, restaurantes mexicanos, fábricas y lugares de construcción. Sin embargo, ellos no se sentían preparados para trabajar en ninguno de esos lugares. Optaron por ir a un supermercado en donde los aceptaron para empacar el mercado de los clientes. Estaban felices porque iban a trabajar juntos en el mismo lugar y porque parecía un trabajo bastante sencillo. A pesar de que el salario era el mínimo, hicieron cuentas y, si los dos trabajaban 40 horas a la semana, pronto podrían arrendar su primer apartamento. ¿Qué tan difícil podría ser empacar comestibles?

La emoción del primer día de trabajo duró sólo un par de días. Valeria empezó a tener dolores en las piernas por estar parada 8 horas al día y comenzó a pedir permiso para ir al baño cada vez que se sentía cansada con el propósito de bajar la tapa del inodoro, sentarse y poner los pies contra la puerta del baño para descansar unos minutos. También, cada vez que podía se sentaba en el borde del mueble donde estaban las bolsas de papel que se usaban para empacar los mercados. Hasta que un día la vio el supervisor y le dijo que si estaba muy cansada podía irse a la casa. Por otro lado, Santiago estaba teniendo bastantes problemas con el inglés, le costaba mucho trabajo entender lo que el supervisor y la cajera le decían; además, cuando salía a poner las bolsas de mercado de los clientes en el carro, ellos generalmente le hablaban y él no sabía qué contestar. La vergüenza más grande que pasó fue el día que un cliente bastante joven estaba con su amiga comprando algunos comestibles y le pidieron el favor de llevar las bolsas hasta el carro. Por el camino el muchacho le hablaba a Santiago sobre su amiga mientras que coqueteaba con ella. Santiago lo único que hacía era sonreír y por esa razón el joven le seguía conversando. Finalmente llegaron al carro y él le hizo una pregunta a Santiago, pero él solo pudo responder "I don't speak English" (no hablo inglés). Ellos no pudieron ocultar su sorpresa y un poco de enojo por el hecho de haber hablado por casi 5 minutos y creer que Santiago estaba entendiendo toda la conversación. Lo que más le dolió a Santiago fue que no le dejaron propina. Esa noche Valeria se reía a carcajadas de toda la situación y aprovechó para darle un consejo a su esposo para cuando alguien le hablara en inglés y él quisiera continuar la conversación sin parecer que no había entendido nada, en realidad era algo que ella hacía todo el tiempo y era decir "really?" lo cual significa ¿De verdad? Valeria le aseguró a Santiago que se tratara de lo que se tratara la conversación, la otra persona al escuchar "really?" mantendría la conversación y creería que él estaba entendiendo. Esa noche Santiago y Valeria se rieron hasta el amanecer con todas las aventuras que estaban viviendo en su primer trabajo en el país del norte.

Después de dos semanas de cansancio de las piernas por el lado de Valeria, de frustración con el inglés por parte de Santiago y de haber recibido su primer cheque, decidieron buscar nuevos rumbos y entraron a trabajar en un restaurante mexicano de comidas rápidas. Habían concluido que preferían hacer tacos en la cocina de un restaurante en donde todos eran hispanos y podrían hablar español, a pesar de todas las advertencias de Lucas y Martin de no entrar a ese restaurante por ser una cadena nacional de restaurantes en donde lo más seguro era que iban a revisar si tenían documentos falsos.

Días antes de cambiar de trabajo, Valeria y Santiago rentaron su primer apartamento en el mismo conjunto en donde vivían Lucas, Martín y Cristina. Era un apartamento de una alcoba, pequeño, pero del tamaño ideal para una pareja joven y sin hijos. Lucas les regaló algunas cosas para la cocina y un juego de sábanas a pesar de que aún no tenían una cama. A Santiago y Valeria no les importaba que no tenían nada, la felicidad de volver a tener un lugar para ellos era inmensa, poco a poco lo llenarían de todo lo que necesitaban. Habían vivido una situación similar tres años atrás cuando se habían casado. Santiago, al igual que su hermano Martín, había recibido un dinero por parte del estado como indemnización por la muerte de su madre en un acto terrorista en su país. Para ese entonces, Valeria y Santiago ya estaban preparando su boda y como ninguno de los dos tenía trabajo decidieron invertir todo el dinero en un restaurante y ambos trabajaban en él, por esa razón, cuando se casaron no tenían dinero y tuvieron que vivir por un tiempo corto con Lucas y Martín. Meses después lograron vender el restaurante, el cual sólo les había dado pérdidas y lograron rentar un pequeño apartamento que poco a poco fueron amoblando con todas las cosas que necesitaban, por eso, para ellos no era ningún problema volver a comenzar de nuevo.

Antes de viajar al país del norte, Valeria le había hecho un encargo a Laura su madre, le había pedido que tan pronto Santiago y ella vivieran independientes en un apartamento les enviara a su primera "hija de cuatro patas" Paquita, una labradora dorada de un año y medio que Santiago le había regalado cuando apenas tenían un año de casados. El tiempo había llegado para que Paquita viajara a Oklahoma City. Valeria y Santiago estaban felices de ver de nuevo a su "hija"; Laura estaba en el proceso de comprar el tiquete aéreo con el dinero que ellos le habían dejado, sin embargo, el dinero no era suficiente ya que inicialmente ellos creían que Paquita viajaría a Nueva Orleans y no a Oklahoma City. El problema era grande para Valeria y Santiago, debido a que en ese momento se encontraban con un presupuesto bastante apretado, ni siquiera habían podido comprar una cama todavía, de manera que enviar el dinero adicional para el pasaje de Paquita no era una opción. Después de muchas lágrimas por parte de Valeria y de varias conversaciones con Santiago tomaron la decisión de no traerla y dejar que Laura se la regalara a una familia que la cuidara y la amara como ellos lo habían hecho. Laura la envió a una familia que vivía en el campo en una finca amplia, allí Paquita encontró una familia y también un compañero, con quién un tiempo después tuvo unos preciosos cachorritos. Días después de haber enviado a Paquita a su nuevo hogar, Laura les envió el dinero del pasaje de Paquita a Santiago y Valeria, el cual les llegó como una gran bendición después de haber dormido un mes sobre el tapete del apartamento con solo una sábana debajo y una cobija encima, Santiago y Valeria utilizaron ese dinero para comprar una cama, ollas, una vajilla, cubiertos, toallas, un horno microondas y un comedor. La decisión de no traer a Paquita había sido muy difícil y dolorosa, pero era la mejor decisión en ese momento. Santiago, al ver la tristeza de Valeria, le prometió que cuando pudieran le compraría otra perrita, no para reemplazar a Paquita, porque jamás podrían reemplazarla, sino más bien para tener compañía; promesa que cumplió muchos años después.

Adaptarse a su nuevo trabajo no fue tan fácil como Santiago y Valeria creyeron. Una de las razones que los llevó a trabajar en un restaurante de comidas rápidas era el hecho de que casi el 100% de los empleados en la cocina hablaban español, sin embargo, por primera vez se sintieron discriminados por su manera de hablar y porque poco o nada conocían de la comida mexicana. Santiago y Valeria venían de un país suramericano, un lugar en donde en los años 90 no se conocían las tortillas, sólo en las películas mexicanas que se mostraban en la televisión y tampoco se comía chile. Ninguno de los dos diferenciaba los burritos de los tacos, o de las flautas, o de las chimichangas, o de las enchiladas y mucho menos conocían las diferentes clases de chiles. Años atrás Valeria había visitado la Ciudad de México y después de que se enchiló la primera vez, evitó a toda costa comer cosas picantes porque le producían una tos terrible. Para el alivio de Santiago y Valeria, la mayoría de los alimentos que se vendían en ese restaurante venían congelados y precocinados, entonces solo era cuestión de calentarlos de acuerdo a los procesos y reglas que les enseñaron. El trabajo era un poco más pesado que en el supermercado, pero algo por lo que le daban gracias a Dios era que por lo menos tenían breaks o tiempos para descansar. Los quince minutos que tenían en la mañana y los otros 15 minutos en la tarde los usaban para sentarse y levantar los pies, esos descansos hacían que los días fueran más llevaderos. Sin embargo, algo que les parecía terrible era que algunas de las personas que cocinaban debían limpiar los baños también y no era una labor que debían hacer después de cocinar, sino por el contrario, les pedían que fueran a limpiar durante el tiempo en que cocinaban. Santiago era uno de los que a veces llamaban para esa labor y, a pesar de que él seguía las reglas de limpieza y desinfección, no estaba de acuerdo en que la misma persona que limpiaba los baños cocinara. Por esa razón tanto Santiago como Valeria decidieron no recibir comida del restaurante. El trabajo con esa cadena de restaurantes de comida rápida mexicana llegó a su fin un mes después de haber comenzado, debido a que con el primer cheque que recibieron, también recibieron una notificación de la oficina del seguro social notificándolos de un error en el número de su tarjeta del seguro social.

Fue la primera vez que Santiago y Valeria sintieron temor por no tener documentos legales en este país, aunque no querían usar el número de social falso, no tuvieron más opción y lo hicieron como millones de personas lo hacen todos los días en el país del norte. Lamentablemente esa había sido la primera de muchas veces en que penosamente tendrían que usar ese número, sin embargo, estaban muy agradecidos con Dios porque les había permitido obtener sus licencias de conducción en Kansas, las cuales usaban como identificación cada vez que aplicaban a un nuevo trabajo.

A la mañana siguiente una vez más se dispusieron a buscar trabajo, Lucas les había dicho sobre una fábrica de alternadores de carros al sur oriente de la ciudad que generalmente estaba recibiendo empleados y decidieron ir directamente a ese lugar. Para sorpresa de ellos, los entrevistaron inmediatamente y les dijeron que comenzaban al día siguiente. Para Santiago y Valeria era sorprendente conseguir trabajo tan rápidamente y de manera tan informal. Estaban acostumbrados a largos procesos de selección en su país, en donde después de haber pasado una hoja de vida o aplicación, se debía esperar casi un mes o más para la primera entrevista, la cual era muy formal y larga; después de ser entrevistado tocaba esperar otro mes para que le empezaran a hacer los exámenes psicotécnicos, de razonamiento y de personalidad, para finalmente después de haber esperado unos dos o tres meses de proceso la compañía verificaba las referencias, se procedía a firmar el contrato y comenzar el entrenamiento e inducción.

El trabajo en la fábrica de alternadores comenzaba a las 6:30 am, había varios turnos de trabajo y a ellos les asignaron el primer turno. Al llegar, a cada uno lo llevaron a la sección en donde debía trabajar, por unos cinco o diez minutos les explicaron lo que les tocaba hacer, les dieron su delantal o mandil y comenzaron a trabajar inmediatamente. A ambos les fue asignado un lugar en diferentes líneas de ensamble, rápidamente debían atornillar una parte del alternador. Aunque Santiago nunca había trabajado en algo así, el trabajo no le pareció difícil y se adaptó rápidamente. Por otro lado, Valeria desde el principio empezó a tener problemas porque no era lo suficientemente rápida y tampoco tenía la fuerza suficiente para atornillar correctamente la parte del alternador, una de sus compañeras se dio cuenta de sus dificultades y la auxiliaba cada vez que se retrasaba, sin embargo, después de un par de horas ya no sentía sus manos del cansancio. Ella nunca había hecho trabajos físicos y eso era muy difícil para ella, pero a pesar de las dificultades logró terminar su primer turno de trabajo.

A las once y media de la mañana, Valeria y Santiago volvieron a reunirse, cansados y con mucha hambre siguieron a sus compañeros a la cafetería, un lugar en donde inmediatamente notaron que los empleados vietnamitas y de los países orientales se sentaban todos en una sola mesa, los empleados blancos y americanos se sentaban juntos en otra mesa, los empleados morenos y americanos se sentaban en otra mesa y los empleados de origen hispano se sentaban en otra mesa. Esto causó bastante impacto en Valeria y Santiago. En el país del cual venían no tenía tanta diversidad étnica, pero las diferentes razas que habían se mezclaban y no existía una discriminación tan marcada.

Sin muchas opciones, fueron y se sentaron en la mesa de los hispanos. El olor que se percibía en la cafetería era una amalgama de aromas, una mezcla confusa de platos de diferentes lugares del mundo. A pesar del cansancio y de que Santiago y Valeria aún no salían de su asombro por la manera en que todos se habían sentado para almorzar, disfrutaron de estar rodeados de tantas culturas y personas de alrededor del mundo, una situación que nunca antes habían vivido. Rápidamente terminaron de almorzar y Valeria le pidió a Santiago que el resto del tiempo que tenían lo pasaran en el carro, ambos salieron y tan pronto estaban solos Valeria comenzó a llorar y le dijo a Santiago que ella no podía quedarse ahí, sus manos estaban muy adoloridas y por primera vez pensó que había sido un error haberse venido a este país. A Santiago le dolía el corazón verla así y con palabras de ánimo la consoló, llegaron a la conclusión de que lo mejor era que ella no regresara a trabajar después del almuerzo. Santiago le explicaría la situación al supervisor y Valeria se iría a buscar trabajo en otro lugar.

Sin saber a dónde ir, Valeria prendió el carro y se fue de aquel lugar. La sensación de libertad era inmensa, por primera vez sintió admiración por las personas que tienen que trabajar en líneas de ensamble, pero sintió dolor por las mujeres, era un trabajo físico demasiado pesado para ellas. Sin embargo, en el poco tiempo que llevaba en este país, se había dado cuenta de que la mayoría de las mujeres centroamericanas y las mujeres estadounidenses eran bastante fuertes y resistentes físicamente, no podía entender cómo eran capaces de desempeñarse en casi los mismos oficios de los hombres. Ella era una mujer pequeña, delgada y sin mucha fuerza en sus brazos, su admiración por todas esas mujeres fuertes era total.

Valeria hizo una pequeña oración pidiendo la guianza de Dios y decidió ir a la zona del Bricktown, un área turística que a finales del siglo diecinueve y comienzos del siglo veinte había estado ocupada por cuatro compañías ferroviarias, pero que con la llegada de la gran depresión los grandes edificios se convirtieron en bodegas o en edificios abandonados; después de ser una zona desocupada y sin valor por varias décadas, la visión de un alcalde de la ciudad en la década de los noventas la llevó a convertirse en el corazón del entretenimiento de la ciudad de Oklahoma. Aunque todavía estaba en sus inicios, ya contaba con varios restaurantes y sobre todo con la mayor atracción turística: un precioso canal que ofrecía pequeños cruceros en taxis acuáticos que llevaban a los visitantes a diferentes paradas a lo largo del canal. Este lugar, a través de los años, se convertiría en un centro vibrante y lleno de vida tanto para los turistas como para los habitantes de la ciudad. Mientras conducía por las calles, Valeria le pedía a Dios que le mostrara a dónde entrar a aplicar, de repente vio un restaurante grande y elegante de comida mexicana. Recordaba que alguien se lo había mencionado porque la comida era muy rica y porque tenía una linda fuente en la mitad del salón, sin pensarlo dos veces se detuvo y entró a llenar una aplicación para ella y otra para su esposo. El encargado la entrevistó inmediatamente y le dijo que precisamente tenía dos posiciones disponibles: una posición para ella como hostess o anfitriona para sentar a los clientes y otra para Santiago como busboy o la persona que limpia y alista las mesas para los clientes. El encargado también le dijo que podían comenzar esa misma tarde. Valeria estaba feliz, no lo podía creer, en su primer intento Dios había sido tan bueno que le había dado trabajo a ella y a Santiago, una vez más estarían juntos. No podía esperar para ir a recoger a Santiago y darle las buenas noticias.

Sin saberlo, esa tarde comenzó su carrera laboral por varios restaurantes de la ciudad. Muertos del susto, Valeria y Santiago llegaron a comenzar su turno de trabajo sin saber qué tenían que hacer. Los compañeros de trabajo hispanos los ubicaron rápidamente y les explicaron sus labores. Valeria compartía su puesto de trabajo con una mujer mexicana bastante mayor que ella, su nombre era Rosa. Desde el primer momento que Rosa vio a Valeria la recibió con una excelente actitud y estuvo dispuesta a ayudarla. Valeria fue honesta con ella y le dijo que hablaba muy pocas cosas en inglés y que necesitaba de su ayuda para saber que decirles a los clientes cuando llegaban, Rosa sin dudarlo un segundo le ofreció su ayuda y le explicó que ella hablaba, inglés pero que no lo leía ni lo escribía. Sin embargo, por petición de Valeria, Rosa le escribió todo lo que debía decirles a los clientes en inglés, pero se lo escribió de la manera como debía decirlo, es decir, como se pronunciaban las palabras. Aunque la gramática era terrible, para Valeria fue una valiosa clase de inglés. A partir de ese momento y con el guion que Rosa le escribió, Valeria comenzó con pie derecho su trabajo como hostess de un elegante restaurante mexicano.

Por otro lado, a Santiago también le estaba yendo muy bien. En la cocina conoció a un personaje mexicano muy especial y amable, le decían el papi, porque llamaba a todos a su alrededor "papi o papito". El papi con su personalidad tan calurosa recibió a Santiago con los brazos abiertos y le explicó todos los procedimientos de la cocina y de los ayudantes de las mesas y además le presentó a todos los empleados del restaurante. A pesar de que el día había comenzado terrible, al final, Santiago y Valeria estaban muy agradecidos con Dios por la bendición de su nuevo trabajo. Decidieron que Santiago seguiría trabajando en las mañanas en la fábrica de alternadores y que ambos trabajarían en la noche en el restaurante, una vez más Dios había mostrado su bondad y provisión.

El trabajo en el restaurante mexicano además de ser agradable, trajo muchas satisfacciones para Santiago y Valeria. El contacto diario con los clientes los ayudó a empezar a hablar en inglés, los compañeros hispanos eran de diferentes países y cada uno tenía experiencias e información diferente que compartieron con ellos y que les trajo muchos beneficios. Uno de los compañeros era Edgar, un mesero colombiano que llevaba un par de años en el país del norte y que insistentemente les decía que debían estudiar inglés lo antes posible. La razón principal por la que debían estudiar inglés era porque podrían tener mejores trabajos y además no dependerían de nadie en su vida diaria. Edgar, además de su insistencia y sus razones para que hablaran inglés les proporcionó el teléfono y dirección del lugar a donde él había tomado sus primeras clases de inglés. Era el community college de la ciudad y les dio toda la información de las clases gratuitas que allí se ofrecían. Rosa y el papi también les dieron información de los diferentes conjuntos de apartamentos que había en la ciudad, cuáles eran lugares en donde definitivamente no debían vivir porque eran peligrosos y cuáles eran buenos y con precios económicos; también compartieron con ellos información sobre otros lugares en donde podrían trabajar sin que les pusieran problema por no tener "los papeles". Finalmente, pensaba Valeria, habían encontrado un lugar agradable para trabajar y recordó las palabras del tío Pacho cuando un par de meses atrás los había recogido en la Florida: "Sobrinos, en este país lo más valioso es la información" y ya se estaba dando cuenta el valor de esas palabras. Años después de comprobar cuán importante es la información cuando se vive en otro país, Valeria sería un canal de información para las personas recién llegadas y que se sentían perdidas por no saber el idioma y no conocer cómo funciona este país. En lo posible, ella compartiría cuanta información llegara a sus manos.

Los días en el restaurante mexicano eran muy agradables, los jefes eran buenas personas y los compañeros muy colaboradores. Santiago seguía trabajando en las mañanas en la fábrica de alternadores para poder ahorrar y comprar las cosas que les hacían falta en el apartamento, muy pronto terminarían de amoblarlo y comenzarían a ahorrar para comprar otro carro. A Santiago y a Valeria les parecía increíble que en tan poco tiempo hubieran logrado tener casi las mismas cosas que tenían en su país de origen y que allá les hubiera costado muchos años. Cada vez que reflexionaban en todas esas bendiciones, recordaban el versículo en Deuteronomio con el cual Dios les había hablado y veían que realmente la leche y la miel corrían como el agua para ellos, pero no podían olvidar que Dios también les había hablado de que ellos debían obedecer sus mandamientos para que todas esas promesas se hicieran realidad.

Para comienzos del mes de diciembre, un amigo de Martin y Cristina les compartió una información muy importante para conseguir un número de seguridad social legítimo. Inmediatamente Martin y Cristina citaron a Santiago y Valeria en el apartamento de Lucas para compartirles la información. Valeria se dirigió al apartamento tan pronto como pudo, pero Santiago no pudo asistir porque estaba en el trabajo. La "oportunidad" de conseguir un número de social "legítimo" era bastante macabra, la idea era comprar el número de una persona de Puerto Rico que hubiera muerto hace poco. Sería necesario usar el nombre de la persona fallecida y aprenderse los detalles básicos de la vida de esa persona: nombre, fecha de nacimiento, ciudad de origen, información familiar y a qué se dedicaba. A cambio se recibiría un número de seguridad social verdadero y vigente. Sería necesario usar el nuevo nombre en cada aplicación para un trabajo. Aparentemente era una manera fácil y rápida de solucionar el problema de no tener un número de seguridad social para trabajar legalmente, sin embargo, para Valeria era algo que iba completamente en contra de sus creencias en Dios. Le parecía aterrador "vivir la vida" de una persona que había muerto, y sobre todo su temor por Dios no le permitía mentir de esa manera. Valeria no era una mujer perfecta, había cometido muchos errores y pecados a través de su vida, pero para ella pecar de una manera premeditada y planeada era algo que no podía hacer. Hasta ese momento habían pasado 3 meses desde su llegada al país del norte y, aunque todavía tenían su permiso de estadía vigente, sabían que no estaba bien que estuvieran trabajando en el país. No obstante, en medio de la ilegalidad de la situación, deseaban hacer las cosas lo más legales posibles... algo que sonaba bastante irónico. Valeria conocía el corazón de Martín y Cristina, ella sabía que ellos también amaban a Dios y querían hacer las cosas bien, pero entendía que en medio del desespero de querer tener mejores trabajos para ofrecerle algo mejor al hijo que venía en camino se les nubló la mente y por eso no veían la gravedad de conseguir los papeles de esa manera.

Hacía sólo un par de semanas Martín y Cristina se habían casado, fue una boda sencilla pero preciosa. Valeria, Santiago y Lucas eran los encargados de organizarla. Los hermanos de la iglesia a la cual asistía Lucas colaboraron en todo lo que pudieron, Valeria coordinó las decoraciones, la comida y también consiguió un vestido de novia prestado para Cristina. El pastor de la iglesia accedió a casarlos porque Martín y Cristina tomaron el curso prematrimonial y comenzaron a asistir a la iglesia. Ellos habían asistido a una iglesia en su país, pero nunca se habían comprometido completamente con Jesús; reconocían que haber tenido relaciones íntimas antes de haberse casado iba en contra de la Biblia, pero precisamente porque no tenían convicciones profundas no les había importado mucho. El día de la boda Cristina se veía preciosa, Martín estaba muy emocionado y anhelaba darle el mejor hogar al bebé que venía en camino, Lucas estaba feliz porque su familia estaba creciendo y a pesar de estar tan lejos de sus hermanos y el resto de la familia, no se sentiría solo porque la familia de Oklahoma City comenzaba a crecer. Martín y Cristina habían decidido seguir viviendo con Lucas después del matrimonio para no dejarlo solo, sin embargo, Lucas tenía otros planes porque sabía que lo mejor para una pareja de recién casados y con un bebé en camino, era que estuvieran viviendo solos, así como lo decía la Biblia.

La familia estaba feliz por el matrimonio y habían tenido varias semanas de unión y alegría familiar, es por eso que nadie se esperaba los días tormentosos que se venían por delante. Cuando Valeria le explicó a Martín, Cristina y Lucas las razones por las que no estaba de acuerdo en comprar el número social de un fallecido de Puerto Rico no se imaginó la reacción de Martín, su respuesta fue agresiva, atacándola por sentirse "más buena y más pura" que ellos, le reprochó por querer ser la conciencia de ellos y también le echó en cara algunas cosas que habían sucedido en el pasado. Lucas y Cristina, a pesar de no haber atacado a Valeria, tampoco la defendieron. Valeria trató de explicarles que ella no era más buena ni pura que ellos, pero que a sus ojos eso era mentir y engañar y que ella no podía hacer eso. Hubo insultos y la reunión terminó con todos enojados. Valeria salió del apartamento con lágrimas en sus ojos y su corazón latiendo apresuradamente, no sabía cómo le iba a explicar a Santiago que se había peleado con su familia.

Para Valeria era muy admirable la manera objetiva con la que Santiago veía las cosas, aún después de más de dos décadas de matrimonio es algo que lo caracteriza. Él no se deja llevar por los parentescos, por las amistades, por las iglesias; Santiago se preocupa siempre por ser lo más justo posible con las dos partes y trata de ponerse en los zapatos de las otras personas. Siempre le insiste a Valeria que es necesario escuchar o tratar de entender ambas partes en cualquier discusión o conflicto. Esta vez no fue la excepción, no estuvo ni a favor ni en contra de su hermano, su cuñada o su padre, mucho menos de Valeria. Trató de entenderlos a todos y le insistió a Valeria que ya llegaría el tiempo en que sus familiares reconocerían sus errores. Valeria y Santiago recordaron la promesa que Dios les dio en Deuteronomio y siguieron confiando en que, si Dios los había traído a esta tierra, Él mismo les daría los "papeles". Sin embargo, Santiago sintió el distanciamiento de su hermano y su papá, los días pasaron y no había noticias de ellos.

Para mediados de diciembre, uno de los meseros del restaurante donde trabajan Valeria y Santiago llevó la noticia de que un restaurante recién inaugurado en el Bricktown estaba recibiendo aplicaciones para todas las posiciones, pagaban mejor la hora y la ubicación era maravillosa. Se trataba de un restaurante de comida americana ubicado en el estadio de béisbol. Con una vista fabulosa al interior del estadio, era el lugar ideal para los fanáticos de los deportes para disfrutar de un buen partido y acompañarlo con una deliciosa comida. Santiago y Valeria aplicaron y de inmediato los recibieron, a ella como hostess y a Santiago como cocinero de pizzas. Les pagaban mejor la hora y les daban trabajo de tiempo completo… finalmente Santiago pudo dejar el trabajo en la fábrica de alternadores y trabajar solamente en un lugar. Los horarios eran bastante largos, pero ni a Santiago ni a Valeria les importaba, trabajar juntos para ellos era un placer, ya lo habían hecho cuando trabajaban para la iglesia en su país de origen y en todos los lugares que habían trabajado aquí en este país. Valeria se ubicó rápidamente en su posición de trabajo, Rosa le había enseñado todo lo necesario para hacer un excelente trabajo. Para Valeria había sido difícil dejarla porque tenían una bonita amistad, al despedirse Rosa le dio un fuerte abrazo y le deseó buena suerte. Santiago tuvo una buena acogida en la cocina, su trabajo como ayudante de mesero en el restaurante mexicano le había ayudado a conocer cómo funcionaba la cocina de un restaurante y en este nuevo lugar todos los cocineros eran mexicanos, así que no tuvo ningún problema con el idioma. Su labor era hacer las pizzas, al principio cuando le dijeron lo que iba a hacer se asustó bastante porque nunca en su vida había hecho una pizza, sin embargo, todo era muy fácil ya que la masa venía precocida y lo único que tenía que hacer era poner los vegetales y las carnes sobre la pizza y meterla el tiempo exacto al horno. Valeria y Santiago estaban felices con sus nuevos trabajos.

Días después, Santiago comenzó a notar un salpullido en su brazo derecho. Cada día se ponía más rojo y le picaba más. Un día, un poco preocupado, le comentó a uno de los cocineros. Cuál sería su sorpresa al ver que, cuando le mostró el brazo, el muchacho se atacó de la risa y llamó a los demás compañeros para que lo vieran también. Después de que les pasó la risa le preguntaron si estaba usando los guantes para meter la mano en el balde o cubeta plástica cuando iba a sacar los chiles qué se ponían en las pizzas y Santiago les dijo que no, ellos le respondieron que esa era la razón del salpullido. El jugo de los chiles era demasiado fuerte para la piel y su salpullido no era más que una alergia. Días después de usar los guantes, el salpullido había desaparecido. Esa noche Valeria y Santiago recordaron algunas anécdotas que vivieron en el restaurante "El Rincón de la Calleja", el que compraron antes de casarse y que, por no conocer nada del negocio, fue un completo fracaso. A mediados del año 1996, Santiago y Martín recibieron una indemnización por parte del estado a causa de la muerte trágica de su madre en un atentado terrorista durante los años ochenta. Martín invirtió su dinero en el bus colectivo que Valeria manejó por un tiempo y Santiago, ya comprometido para casarse con Valeria y de común acuerdo con ella, decidió comprar un restaurante en una zona comercial de la ciudad en donde vivían. Tanto Lucas como Laura les advirtieron que esa no era una buena decisión ya que ninguno de los dos tenía experiencia en restaurantes, pero ellos sin trabajo y presionados con la fecha de matrimonio que ellos mismos habían elegido, no escucharon las recomendaciones de sus padres y decidieron comprarlo. El Rincón de la Calleja era un restaurante de tres pisos, en el primer piso funcionaba la cocina, el cuarto de refrigeración y un salón para los clientes, el segundo piso era un amplio salón también para clientes y el tercer piso era un pequeño apartamento. Durante las visitas que Santiago y Valeria hicieron antes de comprarlo se veía que todo funcionaba muy bien, las dos veces el restaurante estaba lleno de clientes y tanto las cocineras como los meseros se mantenían ocupados. Sin embargo, pocos días después de la compra, las cosas empezaron a cambiar, los clientes no aparecían y los empleados contaron que en realidad el restaurante no tenía mucha clientela, lo que llevó a Santiago y a Valeria a pensar que habían sido estafados y que toda la gente que habían visto en sus visitas no eran más que personas que los anteriores dueños habían traído para poder cerrar la venta. Para ese entonces no había manera de deshacer el negocio, la inexperiencia y la poca oración por parte de Santiago y de Valeria antes de realizar la compra habían hecho estragos. Lo único que podían hacer era ver como salían adelante con un negocio al que le habían invertido todo su capital.

Ahora se reían de todas las experiencias vividas, pero en ese momento todo era muy complicado y difícil. Como la primera vez que las cocineras les dijeron que necesitaban ir a la plaza de mercado porque todo se estaba acabando, Valeria casi no cocinaba y no tenía ni idea de cómo hacer un menú para un restaurante y mucho menos sabía las cantidades de carne, verduras, frutas y todo lo demás que tenía que comprar. Mireya, la cocinera con más experiencia tomó la iniciativa y le hizo los menús y también le dijo cuánto y dónde comprar. Los cuatro empleados muy pronto se dieron cuenta que las cosas iban de mal en peor y uno a uno renunció hasta que finalmente se quedaron solos; Santiago tomó la posición de mesero y Valeria se quedó en la cocina. La primera crisis de Valeria fue el día que estaba cocinando frijoles en la olla a presión y por error de ella, la olla explotó y todos los frijoles quedaron pegados en el techo y las paredes de la cocina. Con un par de manteles en la cabeza Santiago le ayudó a Valeria a limpiar la cocina y le daba gracias a Dios que Valeria no estaba cerca de la olla cuando explotó. Había frijoles por todo lado, tantos, que después de varios meses todavía encontraban frijoles secos pegados en alguna parte. Otro día un cliente pidió pescado frito, para Valeria lo más difícil en la cocina era freír cualquier cosa, siempre tuvo miedo de que el aceite le saltara y la quemara, razón por la cual desde muy joven Alejandra su hermana, se burlaba porque para evitar quemaduras, Valeria se ponía guantes y usaba la tapa de una olla grande como escudo para protegerse del aceite. Alejandra le decía que cada vez que freía algo parecía que fuera para una guerra. El cliente no quería el pescado ni al horno, ni en guiso, sino precisamente frito. Valeria sacó valor y puso a freír el pescado, pero su inexperiencia y temor le jugaron una mala pasada y el aceite le saltó en un brazo, inmediatamente ella gritó y una gran ampolla se formó. Santiago dejó a los clientes inmediatamente y salió corriendo a la cocina, Valeria estaba llorando. El pescado estaba quemado y ninguno de los dos sabía qué hacer en esa situación. Santiago salió y les pidió a los clientes que se fueran y cerró el restaurante, llamó a Lucas y pudo darle los primeros auxilios. A partir de ese día ambos comenzaron a pensar que la compra de ese restaurante había sido un error. Ahora, años después los dos se reían a carcajadas de esas y otras experiencias muy cómicas que vivieron en El Rincón de la Calleja, el cual pudieron vender 8 meses después y que, a pesar de que no tuvieron ganancias, tampoco perdieron dinero.

La Navidad llegó y el frío era intenso, pero más intenso era el dolor que Lucas, Martín, Valeria y Santiago sentían en sus corazones porque las cosas entre ellos todavía no se habían arreglado. El orgullo había hecho que sus corazones se endurecieran y que ninguno tuviera la humildad de pedir perdón; era muy triste que su primera navidad y año nuevo en el país del norte los pasaran separados y con amargura en su corazón. Valeria se contagió de influenza y pasó la última semana del año en el apartamento encerrada, en cama con dolor por todo el cuerpo y una congestión horrible; extrañaba terriblemente a su mamá y a su hermana. Gracias a Dios, a pesar de que las comunicaciones estaban congestionadas, logró hablar con Laura el 31 de diciembre, esa noche fue la más difícil porque a Santiago le tocó el último turno en la cocina del restaurante y salió de trabajar a la una de la mañana. Todos extrañaban las celebraciones navideñas en su país, la familia, el ruido, la música, el clima, la comida, el calor de las personas, la iglesia… en fin todo era tan diferente, por primera vez realmente se sintieron extranjeros… en una tierra bendecida pero que no era la de ellos.

El año nuevo llegó y trajo muchas novedades con él, un nuevo milenio había comenzado y gracias a Dios el mundo no se había acabado el 31 de diciembre como algunas predicciones decían. En el nuevo año Valeria y Santiago consiguieron un nuevo trabajo, con un mejor horario y con las 40 horas semanales fijas. Era en un restaurante de comida rápida americana en donde prácticamente el 100% de los empleados eran hispanos y tanto Valeria como Santiago se imaginaron que, como casi todos hablaban español, el ambiente de trabajo sería muy bueno. Las cosas no comenzaron muy bien, desde el primer día los compañeros de trabajo se mostraron molestos porque a Valeria y a Santiago les dejaron el domingo como el día libre. A los otros empleados no les parecía justo que todos tuvieran que trabajar el domingo y que un par de empleados nuevos tuvieran ese privilegio, sin embargo, esa había sido la condición que Valeria y Santiago habían puesto el día que aplicaron. Ellos dedicaban ese día para ir a la iglesia, escuchar la Palabra de Dios y también para agradecer por todas las bendiciones recibidas. La encargada del restaurante aceptó porque hablaban un poco de inglés, entonces a Santiago lo ubicó en el autoservicio o drive thru y a Valeria como cajera en la parte de enfrente del restaurante; por muchas razones para ellos este nuevo trabajo era todo un reto. La primera era porque su inglés era muy básico y la segunda razón porque no habían trabajado en ningún restaurante en donde les exigieran trabajar contra el tiempo para ofrecer un servicio rápido a los clientes. Al mismo tiempo, comenzaron a tomar clases de inglés en un college de la ciudad. Las clases eran en la noche y, a pesar de que el inglés que enseñaban era muy básico, por lo menos estaban aprendiendo gramática y practicaban con la maestra. Adicionalmente decidieron ver televisión solamente en inglés con subtítulos en inglés y Valeria compró una suscripción dominical al periódico local. Cada domingo, después de que llegaba de la iglesia, dedicaba un largo tiempo a leer y traducir las palabras que no comprendía. Ella lo hizo sin saber que estas dos decisiones, ver televisión sólo en inglés y leer también en inglés, le permitiría muchos años cosechar grandes logros cuando Dios le diera la oportunidad de estudiar en una universidad de este país.

Valeria y Santiago estaban felices con todas las bendiciones que Dios les estaba dando, pero para tener una felicidad completa necesitaban hablar con el papá y el hermano de Santiago; habían orado mucho por eso, pero sabían que tenían que hacer algo más que orar, debían actuar. Días después, el día del cumpleaños de Valeria, escucharon a alguien golpeando en la puerta de su apartamento, era muy raro porque no tenían a nadie que los visitara, intrigados por la inesperada visita abrieron la puerta y para su sorpresa eran Lucas y Martín con flores para Valeria, inmediatamente los hicieron seguir y todos se fundieron en un gran abrazo. Lucas fue el primero en hablar y les pidió perdón por las ofensas, Martín también habló, Valeria les pidió perdón por la manera en que había dicho las cosas y finalmente Santiago también pidió perdón por guardar amarguras en su corazón y no haberlos buscado antes. Estaban tan agradecidos porque eran una familia que tenía temor de Dios y que a pesar de que no eran perfectos habían podido arreglar sus diferencias; definitivamente el nuevo año deparaba cosas maravillosas en las vidas de todos.

Con cada día que pasaba, el trabajo en el restaurante de comidas rápidas se les hacía más fácil. Valeria aprendió rápidamente el menú del desayuno y el almuerzo, el único problema que tenía a veces era que no les entendía a algunos clientes y le tenían que repetir las órdenes. Por otro lado, Santiago entendía cada día más a los clientes a través de los audífonos, pero todavía se sentía muy tímido para hablar, trataba de hablar sólo lo necesario; insistía en que para hablar inglés debía tener una pronunciación excelente y como pensaba que su pronunciación no era la mejor evitaba hablar a toda costa. Por otro lado, a Valeria no le importaba su pronunciación, para ella lo más importante era hablar, comunicar sus ideas a los demás y sentía que si no hablaba le salían letreros, entonces hablaba en inglés cada vez que tenía una oportunidad. Los jefes del restaurante estaban muy contentos con el trabajo de Santiago y Valeria, sin embargo, todas las cosas no eran color de rosa, especialmente con los compañeros de trabajo. El restaurante contaba con un noventa y cinco por ciento de empleados hispanos, de los cuales todos eran centroamericanos o mexicanos con excepción de Valeria y Santiago que eran suramericanos, razón por la cual, aunque todos hablaban español, algunas de las palabras que usaban Valeria y Santiago eran diferentes y eso creaba roces y descontentos entre los otros empleados. Como Valeria y Santiago no cambiaban su manera de hablar, se creó la imagen de que ellos eran muy creídos y esto, sumado al hecho de que los jefes les habían dado los domingos libres, hacía que el ambiente entre los empleados fuera tenso.

Los días pasaban y, a pesar de que Valeria se esforzaba por ser amigable con las otras empleadas las cosas no cambiaban, se burlaban de que no entendiera algunas de las palabras que ellas usaban y para complicar las cosas muchas de ellas hablaban Spanglish o chicano, es decir, hablaban español, pero también usaban palabras en inglés o combinaban palabras de ambos idiomas y formaban una nueva palabra. La tensión se volvió tan insoportable que finalmente Valeria y Santiago decidieron hablar con el encargado del restaurante. Entre lágrimas, Valeria le explicó la situación, él no tenía ni idea de lo que estaba sucediendo debido a que no hablaba español, pero les prometió tener una reunión con las empleadas para arreglar el ambiente de trabajo. A pesar de los esfuerzos del encargado por mejorar las condiciones de trabajo, el ambiente todavía se sentía tenso, especialmente entre las mujeres de la cocina y Valeria. Santiago evitaba inmiscuirse en esta situación y por el hecho de que la caja del autoservicio estaba ubicada en la parte de atrás del restaurante, en un cuarto separado, le ayudaba a marginarse de la situación. Valeria soportó la discriminación de sus compañeras tres meses y entonces decidió abrirse nuevos caminos y buscar un nuevo trabajo. Mientras tanto, Santiago practicaba su inglés todo el tiempo en el restaurante de comida rápida y eso lo tenía muy entusiasmado, sin embargo, decidió aceptar un trabajo en las tardes cortando pasto o zacate; tan pronto salía del restaurante se encontraba con el dueño del negocio y trabajaba alrededor de 4 horas hasta que anochecía, llegaba cansado al apartamento, pero le pagaban muy bien.

Una mañana después de orar y pedirle a Dios que le mostrara el lugar a donde debía aplicar, Valeria salió muy positiva a aplicar en el lugar que Dios le pusiera en su corazón y ese lugar fue una tienda de artículos para fiestas y disfraces, parecía un lugar en donde sólo trabajaban adolescentes, sin embargo, pidió una aplicación. Cuál sería su sorpresa cuando le preguntaron si se podía quedar a una entrevista ese mismo día; un par de horas después ya había firmado el contrato y le habían entregado las camisetas que debía usar en sus horas de trabajo. Inmediatamente se dirigió al restaurante de comidas rápidas para contarle a Santiago y también para renunciar y darle las gracias a la encargada por la oportunidad que le había dado de trabajar allá.

Con el nuevo trabajo de Valeria y la distancia que había entre el restaurante de comida rápida y la tienda de disfraces, se hizo necesario comprar un segundo carro. Santiago estaba muy entusiasmado con su trabajo de medio tiempo cortando pasto, a pesar de ser una labor físicamente pesada, se daba cuenta de que la remuneración era muy buena; el dueño de la empresa tenía una casa muy linda y su esposa y él tenían carros muy buenos. Esas y otras razones hicieron pensar a Santiago que económicamente había más futuro trabajando independiente que continuar como empleado. Con los ahorros que tenían, Santiago compró una pequeña furgoneta o van, con el ánimo de poco a poco conseguir clientes y empezar su propio negocio de cortar pasto. Sin darse cuenta, los días habían pasado y ya casi se cumplirían los seis meses del permiso de estadía que les habían dado a su llegada al país. A pesar de que Lucas, Martin y algunas personas conocidas les habían aconsejado no hacer nada con inmigración, Valeria y Santiago decidieron contactar un abogado en la Florida y pedir una extensión de su permiso. A pesar del temor por las advertencias que les habían hecho, un mes después recibieron una extensión por seis meses más. Una vez más sentían que Dios estaba con ellos y que seguir en este país era su voluntad buena, agradable y perfecta.

El trabajo en la tienda de disfraces era mucho más fácil para Valeria que el trabajo en el restaurante de comida rápida, allí no trabajaba contra el tiempo, por el contrario, los dueños apreciaban que los empleados hicieran las cosas despacio, pero con dedicación. A ellos les parecía que sí los empleados se tomaban su tiempo para organizar las cosas, la tienda se vería mucho mejor. Con menos de un año en el país, Valeria ya hablaba un poco más de inglés, lo suficiente como para poder atender a los clientes en la tienda, sin embargo, la agobiaba la cantidad de artículos que se vendían y que cada cosa tenía un nombre propio en inglés, por esta razón decidió aprenderse un número determinado de palabras nuevas cada día y las iba escribiendo en una lista de palabras memorizadas. Para aprender la pronunciación no tuvo ningún problema, todos sus compañeros eran americanos y la ayudaban con eso, en especial un compañero llamado Drew. Drew era un señor mayor, de unos 75 años, pensionado del ejército americano y que trabajaba en la tienda de disfraces para no aburrirse en su casa, era un hombre paciente y amable que desde el primer día que conoció a Valeria la ayudó en todo lo que ella necesitaba. Valeria y Drew tenían el almuerzo a la misma hora y durante los tres años que Valeria trabajó en la tienda, la hora del almuerzo se convirtió en un tiempo muy importante para ambos, porque Drew voluntariamente se ofreció a ayudarla con su inglés. Cada día Valeria esperaba ansiosamente ese tiempo para poder hablar y practicar el inglés, Drew le hacía preguntas que la obligaban a hablar en tiempo pasado y amablemente la corregía y le enseñaba los verbos que ella no sabía cómo conjugar. También le daba la oportunidad de que ella le hiciera preguntas de su vida y así escuchara la pronunciación y aprendiera nuevas palabras. Drew se convirtió en su maestro y cada día tenían una clase "privada" de inglés. El día en que Valeria se retiró de la tienda de disfraces lo que más le dolió fue dejar a su amigo Drew; fueron tres años de conversaciones diarias, conversaciones en donde compartían de su diario vivir, de sus familias, conversaciones fundamentales para que Valeria lograra un inglés más fluido.

Dios escucha nuestro clamor.

2000
Con mi voz clamé al Señor, y El me respondió desde su
santo monte. Salmo 3:4

Ocho meses habían pasado desde la llegada de Santiago y Valeria a los Estados Unidos y un año desde que Lucas, Martín y Cristina llegaron. Todos estaban felices con la llegada de Miguel a la familia, era un bebé saludable y muy risueño, Cristina había tenido un parto muy rápido, tan rápido que Miguel casi nace en el carro de Valeria. Ese día todos estaban trabajando, Valeria estaba en su apartamento porque era su día libre y Cristina fue a visitarla porque no se estaba sintiendo muy bien, el tiempo para que Miguel naciera se estaba acercando, pero todavía faltaban dos semanas. Cristina le dijo a Valeria que se sentía muy cansada y que estaba lista para que Miguel naciera. Valeria recordó que alguien le había comentado que una manera natural para acelerar la dilatación y en general el parto era tomando una caminata larga, así es que envió a Cristina a caminar por una hora alrededor del vecindario, mientras tanto ella hizo algunas llamadas y empezó a alistar todo para salir al hospital.

Una hora después Cristina regresó y tomó un baño caliente, al salir dijo que ella creía que había comenzado el trabajo de parto; en ese preciso momento Martín llegó al apartamento y sin perder tiempo se metieron al carro de Valeria rumbo al hospital universitario ubicado en el centro de la ciudad. Cristina empezó a quejarse y de un momento a otro las quejas se convirtieron en gritos y no dejaba de moverse, Valeria iba con ella en la silla de atrás y por más que trataba de controlarla y de decirle que respirara ella no escuchaba y cada vez gritaba más. Mientras tanto Martín manejaba lo más rápido que podía, sin embargo, era la hora del almuerzo y la autopista I-40 estaba congestionada. Cristina seguía gritando desesperadamente, ella estaba sentada detrás de Martín y, en medio de su histeria, agarró del pelo a Martín. Valeria trataba de controlarla, pero las fuerzas de su pequeño cuerpo no podían parar a esta mujer de 1,75 centímetros de estatura con todas las hormonas alborotadas.

Al llegar, Cristina salió corriendo del carro. Apenas cruzó las puertas del hospital se tiró al piso gritando de dolor. Valeria había llamado al hospital y los camilleros estaban listos esperando a Cristina e inmediatamente la subieron a la camilla y la llevaron a la sala de partos. Martín y Valeria subieron minutos después. Lucas por su parte, venía también lo más rápido que podía para conocer a su primer nieto, sin embargo, le inquietaba cómo iban a pagar el parto. En el pequeño consultorio en el que le habían hecho seguimiento al embarazo de Cristina, la ayudaron a aplicar para obtener el seguro médico del gobierno, pero a pesar de que le aseguraron que el seguro cubriría el parto, Lucas tenía sus dudas debido al estado migratorio de Cristina y Martín. Un amigo americano del trabajo de Lucas le había contado que los costos por un parto eran alrededor de diez mil dólares y, con el trabajo de lavaplatos que

Martín tenía en ese momento, no terminaría de pagar esa cantidad ni en los próximos diez años. En ese momento también recordó el nacimiento de Santiago, su hijo mayor; la estadía del bebé y su madre en el hospital duró alrededor de 15 días, y él tenía visitas bastante restringidas, fueron tiempos difíciles porque Lucas sólo los podía ver una hora al día y la madre de Santiago se sentía muy sola y deprimida, Lucas se preguntaba cuánto tiempo estaría Cristina y el bebé en el hospital, era el primer bebé de la familia que nacería en este país y realmente no sabían cómo serían las cosas, por lo pronto Lucas se mantenía orando para que todo saliera bien, todo era desconocido para ellos. Lucas no tenía ni idea que Miguel era el primero de muchísimos bebés que la familia vería nacer en esta nueva tierra.

Diez minutos después de que Martín, Valeria y Cristina llegaran al hospital, el nuevo "gringo" de la familia llegaba a este mundo. Miguel pesó 7 libras y 8 onzas y midió 21 pulgadas, es decir 53 centímetros y medio. En ese momento entraba Lucas e inmediatamente le pasaron a su primer nieto, los ojos de Lucas se llenaron de lágrimas y sus primeras palabras fueron: "nunca imagine tener un nieto gringo" y todos soltaron la carcajada. Santiago también llegó y la familia entera celebró la llegada del nuevo integrante de la familia.

Valeria estaba muy feliz con su nuevo sobrino, sin embargo, su corazón empezó a sentir la necesidad de estar cerca a su familia inmediata, a pesar de hablar varias veces por semana con su mamá y su hermana, no era lo mismo que tenerlas cerca, Lucas era un excelente suegro, pero la necesidad de ver y sentir a su mamá era cada día más grande. Para Valeria había sido muy difícil pasar sola en el apartamento la noche de año nuevo, nunca en sus 27 años de edad había sucedido algo así y en su corazón empezó a sentir síntomas del mal de tierra, ese dolor que se siente en el corazón al estar lejos de la familia y de la tierra que lo vio nacer. Con la conciencia de que ella había escogido el camino de vivir en una tierra extranjera después de un mensaje que Dios le dio en la Biblia, decidió sincerarse con su Padre Celestial y expresarle el dolor que sentía al estar lejos de los suyos, deseaba volver a ver a su mamá y a su hermana, pero sabía que no era fácil para su mama viajar por el dinero, y a pesar de que su hermana Alejandra se encontraba en el mismo país, no era fácil para ella viajar a Oklahoma City porque estaba recién llegada. Al igual que Santiago y ella, Alejandra y su esposo estaban tratando de acomodarse en su nueva ciudad.

Después de llorar y desahogarse en oración, a Valeria se le ocurrió proponerle a Santiago que trajeran a Laura durante el verano, con un dinero que les había salido por algunas horas extras que habían trabajado sería suficiente para comprarle un pasaje de avión hasta Dallas. Laura y Valeria no cabían de la emoción, tan solo una semana después de que Valeria le había orado a Dios para volver a ver a su mamá, estaban a pocas horas de volverse a reunir después de casi 9 meses de separación. A pesar de que el viaje a Dallas desde Oklahoma City era tan solo de tres horas, a Santiago y a Valeria se les hizo eterno, por diferentes razones: para Santiago era la primera vez que manejaba en carretera de una ciudad a otra, en su país solo había manejado la ruta del bus colectivo y en Oklahoma City llevaba ocho meses manejando solamente por la ciudad, el hecho de que el trayecto era una carretera derecha y sin paradas lo cansaba y le producía sueño. Por otro lado, a pesar de que a Valeria no le gustaba manejar, se había ofrecido a tomar turnos con Santiago para que él pudiera descansar. El camino se le hizo eterno porque la emoción de volver a ver a su madre era inmensa. Después de tres largas horas, finalmente llegaron al aeropuerto internacional Dallas-Fort Worth. Les pareció grande y hermoso, el vuelo de Laura estaba por aterrizar.

El vuelo fue muy placentero, pero la corta escala en Miami le pareció muy larga a Laura que también estaba ansiosa de volver a ver a su hija, ella nunca se había separado tanto tiempo de ninguna de sus hijas. Ahora, estando lejos de ambas, era muy difícil para ella; sin embargo, era necesario que ella continuara viviendo en su ciudad para acompañar a su mamá, vivían en el mismo edificio y no se sentía capaz de abandonarla ahora que era anciana. Los días de Laura se iban en hacer cosas en su apartamento, compartir el evangelio con personas y salir a hacer cualquier cosa con su madre, el objetivo era acompañarla, compartir los días y hacerla caminar para que se sintiera saludable. Estaba tan agradecida con Dios por la oportunidad de pasar unos meses con su hija y con su yerno, pero Laura también estaba emocionada de conocer la ciudad de Dallas, no podía evitar recordar el programa de televisión de la década de los setentas que llevaba el mismo nombre. Cuando ella vio el programa, le parecía todo tan elegante y tan imposible de que algún día llegara a conocer esa ciudad, por eso, cuando el avión hizo el giro para aterrizar ella alcanzó a divisar algunos de los edificios del centro y sus ojos se llenaron de lágrimas… definitivamente solo Dios podía hacer lo imposible posible. Ella a sus 54 años de edad estaba a punto de aterrizar en una de las metrópolis más famosas del país del norte y del mundo entero, sin saber que Dios tenía muchas otras sorpresas reservadas para ella y sus hijas.

Valeria y Santiago ya estaban un poco bronceados por el sol primaveral de Oklahoma City, Valeria iba vestida con colores vibrantes y también llevaba un esmalte de color verde neón en sus manos y sus pies. Eso era algo nuevo para ella debido a que su ciudad natal era un poco fría, no tenía estaciones y no se usaban ese tipo de colores fuertes. Todo parecía perfecto, lo único que no había salido bien durante los preparativos para la llegada de Laura fue el día que, por ignorancia, dañaron la pintura del Buick, el carro que ahora manejaba Valeria. Con gran emoción una semana antes, Santiago y Valeria lavaron y enceraron el carro para recibir a Laura, sin saber que los carros no se pueden encerar a pleno rayo del sol porque la cera queda pegada a la pintura y después es imposible de quitar. A pesar de que había pasado una semana, Santiago todavía sentía dolor al ver las marcas de cera en el carro, pero Valeria le insistía en que no se preocupara por eso y que disfrutaran la llegada de Laura.

Lágrimas de alegría rodaban por las mejillas de Valeria y Laura, los besos iban y venían, pronto las lágrimas se transformaron en ruidosas carcajadas de felicidad. Santiago con su gran sentido del humor convirtió el reencuentro en todo un jolgorio, los chistes y las bromas no paraban y las risas duraron hasta muy tarde de la noche. Al salir del aeropuerto, los tres estaban emocionados de conocer Dallas; Santiago y Valeria solo habían estado de paso la noche en la que viajaban desde Nueva Orleans hacia Oklahoma City, al igual que Laura estaban deseosos de ir a conocer la gran ciudad. Al salir del aeropuerto se dirigieron inmediatamente al centro, Laura les había pedido muy especialmente visitar el museo del presidente Kennedy, más conocido como The sixth floor museum o "El museo del sexto piso". Laura recordaba la ocasión cuando, a comienzos de los años sesenta, el presidente Kennedy visitó su ciudad natal para la inauguración de un barrio residencial que hasta el día de hoy lleva su apellido. El presidente y su esposa visitaron la ciudad y las personas quedaron fascinadas con su personalidad y simpatía, por eso para ella fue muy impactante cuando el viernes 22 de noviembre de 1963 anunciaron por todas las emisoras radiales y por la televisión la muerte del carismático presidente. Después del tour por el museo, Santiago y Valeria le tenían preparada una cena sorpresa a Laura en el restaurante Reunion Tower, un restaurante giratorio desde donde se podía observar toda la ciudad de Dallas; Laura, Santiago y Valeria se sentían viviendo un sueño maravilloso. A la mañana siguiente, después del desayuno, emprendieron su camino rumbo hacia Oklahoma City, esta vez el tiempo se hizo muy corto con todas las historias que tanto Laura como Valeria contaban, pues era necesario actualizarse después de 8 meses de separación.

La estadía de Laura durante tres meses fue llena de aventuras, Santiago y Valeria la llevaron a todos los lugares turísticos que la ciudad ofrecía, compartieron muchas reuniones con Lucas, Martin, Cristina y Miguel; y también asistieron a muchas reuniones de la iglesia americana a la que estaban asistiendo Santiago y Valeria. Para Laura era fascinante que la ciudad contara con tantas zonas verdes, parques y lagos pues de donde ella era oriunda no tenía todos esos espacios verdes. Una de esas tardes calurosas de verano, a Valeria se le ocurrió que fueran al lago Hefner, un precioso lago con 17 millas de costa ubicado estratégicamente en la ciudad al costado occidental de la autopista 74. En días anteriores habían llevado a Laura a conocerlo, pero esa tarde calurosa ameritaba que fueran a nadar en sus aguas transparentes. Prepararon algunos sándwiches y bebidas para tener un picnic y se pusieron los vestidos de baño. La belleza del lago era imponente, desde la autopista 74 parecía el mar de cualquier ciudad costera, sus aguas se veían de un tono azul oscuro y sus pequeñas olas parecían jugar con los veleros que se veían en el horizonte. Niños, jóvenes y adultos disfrutaban alrededor del lago, jugando, corriendo, montando en bicicleta o sencillamente caminando y observando las docenas de aves acuáticas que sobrevolaban el área. Rápidamente Santiago ubicó una pequeña playa y extendió el mantel mientras Laura y Valeria organizaban la comida y las bebidas. El sol abrasador de verano los cubría y sin pensarlo dos veces Valeria fue la primera en entrar al agua que la refrescó inmediatamente, Laura y Santiago la siguieron en seguida. Laura y Valeria estaban felices, hablaban, nadaban, se reían y disfrutaban del bello paisaje. Desde donde se encontraban podían divisar el faro de 12 metros de altura que había sido construido un año atrás como parte de un plan de desarrollo de esa zona de la ciudad, el plan incluyó la construcción de algunos restaurantes en la costa oriental del lago que atraían a muchos de los habitantes de la ciudad. En medio de ese momento tan especial, Santiago, Laura y Valeria se sorprendían de que nadie más estuviera disfrutando del agua del lago, la tarde era demasiado caliente como para no pegarse un chapuzón y se preguntaban por qué muchos de los transeúntes los observaban con algo de sorpresa en sus rostros. La respuesta llegó al otro día cuando sus compañeros de trabajo quedaron aterrados de que se hubieran atrevido a nadar en las aguas del lago, ya que ese lago había sido construido como una reserva de agua potable y era parte del agua que la ciudad consumía a diario, nadar en el lago era considerado contra la ley y si alguna autoridad los hubiera visto muy seguramente se habrían metido en problemas… Santiago, con su sentido del humor, lo único que pudo decir es que hubiera sido muy chistoso haber salido en los titulares de las noticias diciendo que una familia latina estaba en problemas con la justicia por "ser limpios" y estar bañándose en el lago Hefner.

A pesar de tantas alegrías y momentos compartidos, a Laura no dejaba de preocuparle la situación legal de su hija y la familia de su esposo en este país, fueron muchas las conversaciones que tuvieron al respecto y ella también llegó a la conclusión de que lo mejor era que siguieran viviendo en este país y que esperaran a que Dios actuara en su favor para poder obtener algún día la residencia. Dios ya había actuado en su favor unos meses atrás cuando el permiso de entrada al país estaba por caducar y con la ayuda de un abogado en la Florida Santiago y Valeria lograron extender su permiso por 6 meses más. No era mucho tiempo, pero por lo menos tendrían un poco de paz durante esos meses.

Valeria no podía quedarse quieta y estaba siempre en la búsqueda de algo mejor tanto para ella como para su familia. Un día, leyó en uno de los periódicos latinos que se llevaría a cabo una reunión para informar a la comunidad hispana acerca de cómo comprar casa; inmediatamente llamó al teléfono que aparecía en el anuncio y se registró para la conferencia. Santiago y ella se llenaron de sueños e ilusiones al pensar que tal vez, si Dios lo permitía podrían llegar a tener su primera casa propia. La reunión fue muy útil, les dieron información muy valiosa; uno de los datos más importantes que recibieron, fue lo crucial de adquirir el Individual Tax Identification Number o número ITIN. Este es un número de identificación que el departamento de impuestos del país le confiere a personas residentes que no pueden recibir un número de seguridad social o Social Security Number, y también a no residentes que desean presentar una declaración de impuestos. Santiago y Valeria eran conscientes de que por voluntad propia habían decidido quedarse y trabajar ilegalmente en el país, pero a pesar de eso querían hacer las cosas lo más legalmente que pudieran, aunque eso pareciera una contradicción. Por esa razón esa misma semana buscaron a alguien que les pudiera ayudar a obtener el ITIN y de esa manera comenzar a declarar sus impuestos al siguiente año. En esa reunión también conocieron algunos agentes de bienes raíces o realtors, representantes de algunos bancos locales que realizaban préstamos con el número ITIN para las personas hispanas que trabajan ilegalmente y también conocieron a representantes de algunas compañías de seguros. Valeria entabló conversación con una de las personas de la compañía de seguros la cual le ofreció un empleo en una de estas agencias.

Feliz por la gran oportunidad que se le presentaba, pidió permiso al día siguiente en su trabajo para poder ir y tener una entrevista formal; la posición era en una agencia de seguros nacional, la emocionaba pensar que volvería a tener un trabajo de oficina, atender clientes, usar un computador, en fin, las cosas a las que ella estaba acostumbrada a trabajar en su país. Al cumplir los 19 años de edad, Valeria se encontraba estudiando publicidad en una de las universidades privadas más grandes de su país, no era realmente la carrera que ella quería estudiar, pero era la más parecida a comunicación social. Estudiaba en las noches y durante el día había conseguido entrar a trabajar en un banco de la ciudad con la ayuda de uno de sus compañeros de universidad. Había ingresado para trabajar en la posición más baja, pero gracias a su buen desempeño y a la ayuda de Dios, en poco tiempo había escalado y en menos de tres años había logrado ocupar el cargo de subdirectora de oficina. Tenía a cargo a más de 30 empleados y a sus cortos 21 años su vida transcurría entre el trabajo en el banco, la universidad (acababa de graduarse de publicista, pero inmediatamente inició una segunda carrera en administración de empresas), su familia y la iglesia. Por motivos personales dejó su posición en el banco y comenzó a trabajar para la iglesia a la cual asistía, se dedicó a hacer estudios de la Biblia con jóvenes solteras y a colaborar con los eventos de la iglesia. Al llegar a este país trató de tener una buena actitud y trabajar en lo que saliera, pero realmente ella no estaba preparada ni física ni mentalmente para hacer las cosas que estaba haciendo… aunque Dios tenía propósitos específicos para dejar que ella trabajara en todas las cosas que Él le permitía.

Esa tarde, pasó todo el tiempo tomando exámenes en línea y en entrevistas con el agente de seguros, a esa persona le pareció excelente la experiencia que ella traía de su país y le dijo que el trabajo era de ella, pero que era necesario esperar la respuesta de las oficinas principales en Atlanta para ver si la podía aceptar sin tener un permiso de trabajo en el país. Días después fue notificada por esa persona que no le habían dado la autorización de recibirla y que con mucha pena no podía contratarla. Mientras tanto Laura y Valeria animaron a Santiago para que buscara nuevas oportunidades de trabajo y se arriesgó a intentar ser mesero. Sin embargo, le aterraba la idea de hablar frente a frente con los clientes en inglés; ya estaba adaptado al drive-thru, conocía muy bien el menú y el vocabulario que usualmente los clientes usaban, lo mejor era que no tenía que ver a los clientes cara a cara, él sentía que aún no sabía el suficiente inglés para ser mesero. Finalmente se decidió a aplicar en un restaurante mexicano; cuando salió de la entrevista les confesó a Laura y Valeria que no había entendido mucho de lo que le preguntaron, pero que le habían dicho que al otro día lo llamarían con alguna respuesta. Tal y como le dijeron, al día siguiente lo llamaron, pero se puso demasiado nervioso y no podía entender lo que le decían, Valeria rápidamente levantó el otro teléfono y le iba diciendo lo que debía contestar. Al terminar la llamada Valeria le avisó que al otro día comenzaba a trabajar como mesero y le informó cómo debía vestirse y la hora a la que debía presentarse. Ambos se fundieron en un ataque de risa por toda la situación y porque no podían creer que lo hubieran recibido para trabajar como mesero a pesar de que no hablaba mucho inglés… Dios una vez más era muy bueno.

El tiempo se pasó volando y agosto llegó en un abrir y cerrar de ojos, faltaban dos días para que Laura regresara a su país y Valeria la sorprendió con una fiesta sorpresa para celebrar su cumpleaños, aprovechó los descuentos a los que podía acceder en la tienda de artículos para fiestas en la que trabajaba y decoró el apartamento con cosas de Hawái. Invitó a la familia de Santiago, a unas pocas amigas que tenía y juntos celebraron el cumpleaños de su mamá, todos estaban felices, pero sabían que pronto se separarían indefinidamente. Una vez más se encontraban en el aeropuerto de Dallas, con lágrimas en los ojos, pero con el corazón lleno de recuerdos maravillosos. Valeria estaba muy agradecida con Dios por haber podido traerle tanta alegría a su mamá, habían sido muchos los años en donde la felicidad había sido esquiva para Laura, Alejandra y ella; la separación de sus padres no había sido fácil emocionalmente y financieramente, pero ahora Dios les había dado la oportunidad de disfrutar de este tiempo, ambas estaban tristes por separarse, pero el agradecimiento era inmenso.

Días antes de que Laura se fuera, tuvo una conversación con su hija. Ella veía cuánto se esforzaba Valeria en su trabajo, pero ambas eran conscientes de que, a pesar de que era un trabajo menos pesado que muchos otros, aun así, le exigía bastante físicamente. Eran 8 horas al día de pie y para alguien que siempre había trabajado sentada era bastante difícil, sin embargo, lo más penoso para Valeria era tener que cargar las cajas de mercancía que llegaban con todo tipo de decoraciones para fiestas, sus compañeras ya se habían dado cuenta de su debilidad y, aunque algunas veces la ayudaban, generalmente le tocaba a ella cargar y desempacar los pedidos que llegaban. Su pequeño cuerpo no estaba acostumbrado para ese trabajo físico y a Laura le dolía el corazón ver todas las tardes a su hija adolorida, es por eso que antes de irse hizo una oración a Dios pidiéndole que le abriera nuevas puertas a su hija en algún otro lugar.

Valeria era una mujer muy observadora y poco a poco fue analizando los diferentes tipos de trabajo disponibles para los inmigrantes indocumentados. Se dio cuenta que la mayoría de las mujeres conseguían empleo como niñeras, limpiando casas, como camarera de hotel, en la cocina de los restaurantes o en la lavandería de los hoteles, entre otros. Ella era consciente de que no era muy fuerte físicamente y después de un poco de investigación decidió entrar a estudiar en una academia de belleza y hacer un curso técnico en uñas; un oficio con un nombre muy elegante en este país, pero sencillamente más conocido en nuestros países como manicurista y pedicurista. El programa duraba alrededor de 8 meses y a pesar de que Valeria nunca había sido una persona muy hábil con las manos decidió arriesgarse. Después de consultarlo con Santiago y orar a Dios pidiendo por hacer Su voluntad, se inscribió en el programa y comenzó a estudiar todas las noches al salir del trabajo. Le entusiasmaba la idea de estudiar porque ella siempre fue amante de los libros y de las clases, sin embargo, el reto que más la emocionaba era que las clases eran en inglés. Ella ya estaba cansada de las clases tan básicas que enseñaban en el college y ya estaba lista para aprender más. Además de todo lo que aprendió en la academia, Dios le permitió conocer a Jackie, una colombiana radicada en este país hacía veinte años, ella y su familia se convirtieron en ángeles enviados por Dios para ayudarlos a conocer cada vez más este país y la ciudad de Oklahoma City. Jackie y Valeria veinte años después continúan siendo amigas del alma, a pesar de que ahora viven en estados diferentes y sus vidas han tomado nuevos rumbos.

Valeria contagió a Santiago con el entusiasmo de aprender mejor el inglés, entonces decidieron que no verían televisión en español y continuarán asistiendo a una iglesia americana. Además, Valeria se ofreció como voluntaria en la iglesia en el departamento de información, cosa que le pareció muy cómica a Santiago, porque la informadora de la iglesia americana… no sabía inglés. Al cabo de los años, todos estos esfuerzos que al principio parecían no tener sentido dieron buenos frutos.

Pasaron los meses y llegó de nuevo la navidad, Santiago estaba fascinado de pasar su segunda navidad en Los Estados Unidos. Le gustaba la música que ponían en las emisoras locales, las películas navideñas en la televisión, pero, sobre todo, tenía la esperanza de volver a ver la nieve. Mientras tanto Valeria luchaba con la idea de otra navidad sin estar cerca a su familia en su país; extrañaba a su abuela, sus tíos, sus primos… toda la familia con la que compartió cada navidad hasta que se mudó a Oklahoma. Valeria no soportaba la idea de otra navidad fría, le parecía terrible ver los árboles sin hojas, de color café, muertos… En su país durante la navidad todo estaba verde, hacía calor y la gente realizaba novenas y reuniones navideñas con sus vecinos y amigos. Había música en las calles, regalos por todas partes, comida, las empresas organizaban un sin número de eventos para celebrar, la gente recibía un sueldo adicional y todos se botaban a las calles a comprar presentes para la familia y los amigos; entre los compañeros de trabajo era muy típico jugar a los aguinaldos. Dentro de los aguinaldos o juegos navideños, uno de los más tradicionales era el "dar y no recibir", el cual consistía en entregarle cualquier cosa al contrincante y este debía abstenerse de recibirlo; si el contrincante se olvidaba y recibía el objeto se convertía en perdedor y debía darle el dinero o regalo pactado al otro jugador. Estos juegos sencillos, pero muy divertidos son herencia de los españoles y mantienen muy en alto el espíritu navideño durante las fiestas decembrinas. En fin, la navidad en este país era muy diferente a la navidad en su país natal, y era por eso que Valeria no entendía por qué a Santiago le entusiasmaba tanto si era todo tan diferente.

Después de la visita de Laura, Valeria y Santiago habían tenido un par de conversaciones acerca de cuándo sería el mejor tiempo para tener la hija que tanto deseaban. Por un lado, Santiago decía que le parecía importante esperar un poco más de tiempo para poder adaptarse más a esta nueva cultura y, además, le preocupaba su situación legal. Él quería darle el mejor futuro a su anhelada hija y con los trabajos que tenían, la parquedad de su inglés y la falta de papeles no le parecía el mejor momento. Sin embargo, Valeria estaba decidida a tener su hija antes de cumplir 30 años y ya estaba próxima a cumplir 29 años.

Durante la década de los 90s hubo un boom de tener hijos siendo jóvenes y, de acuerdo a esos estándares, ella ya estaba un poco quedada. Lo que más la afanaba en realidad eran los riesgos de los cuales hablaban por tener hijos después de los 30. Valeria decidió orar y, además, comentarle la situación a Lucas su suegro, él anhelaba tener más nietos y le parecía un tiempo apropiado para que Miguelito tuviera un primito o primita y crecieran juntos. Él ni corto ni perezoso tuvo una conversación con su hijo y lo convenció de tener hijos pronto. A Santiago se le ocurrió que, para matar dos pájaros de un solo tiro, ellos hicieran un viaje antes del día de navidad; por un lado, sacaría a Valeria de la nostalgia que la embargaba por estar lejos de su familia, y por otro lado, se iban de segunda luna de miel a ver si empezaban a encargar a su bebita. Por consejo y recomendación de algunos amigos, decidieron ir a la isla de Galveston en Texas, Lucas apoyó la idea, pero con la recomendación de que no se fueran en su carro, por temor a que la policía estuviera más alerta de lo normal en las carreteras por ser época de navidad y no quería que ni Santiago ni Valeria se arriesgaran a manejar "sin papeles". Santiago y Valeria volvieron a viajar en los buses de Greyhound ya mucho más relajados que cuando habían viajado desde Nueva Orleans, el único inconveniente era que, si se fueran en carro, el viaje duraría siete horas y media, mientras que en bus duraría diecisiete.

Valeria estaba feliz de ver el mar, viniendo de una ciudad sin océano, para ella las vacaciones significaban viajar a tierra caliente y mejor aún si podían disfrutar del mar. Para Santiago lo más emocionante era que, por primera vez desde su estadía en este país, iban a alquilar un carro y desde luego él escogió el carro deportivo que su presupuesto les permitía. La emoción de llegar a la isla de Galveston era muy grande, ya les habían advertido que el color del océano no era igual al del mar Caribe, que era un color azul tan oscuro que a veces se veía como café, pero a Valeria no le importaba de qué color era el océano con tal de volver a verlo y poder sumergirse en él. El lugar de alquiler de carros era muy cerca de la estación de Greyhound, solo tuvieron que caminar un par de cuadras para comenzar a disfrutar de su gran aventura de invierno. El carro le encantó a Santiago, Valeria quería que arrancara lo antes posible para dirigirse a la playa, pero Santiago estaba embelesado revisando cada botón del tablero y aprendiendo cómo funcionaba cada comando de la "nave" que manejaría por los próximos 5 días. Santiago era el piloto y por supuesto Valeria era la copiloto. Ella era el sistema de posicionamiento global o GPS humano de Santiago porque él siempre andaba desubicado; al parecer la incapacidad para ubicarse que él sufría era un mal de familia, era bien sabido que tanto Lucas como Martin y muchos otros familiares eran igual de "perdidos" a él.

La isla de Galveston estaba ubicada a unos 80 kilómetros al sur de Houston, con alrededor de 40 kilómetros de playas. Valeria reservó un cuarto en un pequeño hotel a solo una cuadra del Seawall en la calle 25, después de dejar su maleta en el hotel, Santiago y Valeria caminaron emocionados hacia el mar, la expectación se hizo más grande porque la calle era como una pequeña loma y no se podía ver el mar sino hasta que llegaran a la "cima", desde allí vieron el mar del golfo de México en todo su esplendor. A pesar de que el día estaba soleado, la brisa estaba bastante fría y tuvieron que cerrar las chaquetas de invierno que llevaban puestas. Pese al frío, Valeria se quitó sus zapatos para sentir la arena en sus pies, comentaron lo oscuro que en realidad era el mar, muy diferente al color del mar que conocían en su país. Meses después, Valeria recordó el color del mar en el golfo y averiguó que la razón de su color se debía al tipo de sedimentos o materiales sólidos acumulados en el fondo del mar. El agua de Galveston recibe sedimentos del delta del río Misisipi que, con sus fuertes corrientes, los envía en dirección a la isla.

Los cinco días en Galveston fueron maravillosos, en realidad vivieron una segunda luna de miel. Conocieron la península de Bolívar en el ferry, visitaron las pirámides o Moody Pyramides, asistieron a la conmemoración Victoriana que celebraba la vida del genio literario Charles Dickens y pasearon innumerables veces por la playa. Incluso a Valeria no le importó que el mar estaba helado y se metió a jugar con las olas. También aprovechó para que Santiago le tomara una foto. El viaje de regreso a Oklahoma fue bastante relajado y lleno de recuerdos. Valeria y Santiago llegaron justo a tiempo para celebrar la navidad con Lucas, Martin, Cristina y por supuesto con Miguelito, el cual ya estaba empezando a caminar y no dejaba de tocar y agarrar las cosas del arbolito de navidad. Gracias a Dios, esta era una navidad muy diferente a la del año anterior y todos compartían como una familia unida.

Dios nos provee todo.

Comenzó un nuevo año y con él, llegaron un sinnúmero de bendiciones que Santiago y Valeria ni en sus mejores sueños hubieran podido imaginar. Hacía pocos meses habían conocido a una pareja en la iglesia a la que estaban asistiendo, tenían dos hijos adolescentes él era un técnico dental americano y ella era una mexicana que trabajaba limpiando casas, desde que los conocieron habían sido muy amables. Ellos sentían que era una gran bendición encontrar a alguien que hablara español en una iglesia de miles de personas americanas, el día que los conocieron fue como haber encontrado un oasis en el desierto. A pesar de que la pareja era unos quince años mayor que ellos, se habían entendido muy bien y en los pocos meses de conocidos habían compartido bastante tiempo. Durante los primeros días de enero, este amigo le comentó a Santiago que el laboratorio dental en el que trabajaba había perdido algunos empleados durante las fiestas de navidad y que estaban recibiendo personal, a él le parecía una gran oportunidad para que Santiago aplicara e iniciara una nueva carrera profesional. Santiago quedó muy sorprendido y le agradeció por pensar en él, pero le dijo que no tenía ni idea de hacer dientes. Para sorpresa de Santiago, su amigo le dijo que el hecho de que hubiera estudiado diseño gráfico por un par de años lo hacían un excelente candidato por sus cualidades con el diseño y la atención a los detalles, él le aseguró que esas eran las características para ser un gran técnico dental.

Al día siguiente, Santiago estaba a primera hora listo para su entrevista en el laboratorio dental, estaba muy preocupado de no poder entender a la persona que lo entrevistaría, pero después de que Valeria le dio algunos consejos, entró con más seguridad. Sin embargo, cinco minutos después salió a pedirle a Valeria que entrara y fuera su traductora durante la entrevista. Después de algunas preguntas y una pequeña prueba en el laboratorio Santiago salió de ese laboratorio con un nuevo trabajo, pero, sobre todo, con una nueva profesión que marcaría su vida y la de su familia. Santiago y Valeria entraron a su carro y se fundieron en un largo abrazo, estaban tan agradecidos con Dios por esta bendición, una bendición que sería el comienzo de grandes cosas para su pequeño hogar.

Valeria estaba tan feliz y agradecida con Dios, estaba muy ilusionada con quedar embarazada y que su familia se agrandara, pero algo que la preocupaba era la inestabilidad en el trabajo que ella y Santiago tenían. Durante los meses que ellos trabajaron en restaurantes de comida rápida, habían sido testigos de innumerables casos de personas despedidas de su trabajo sin previo aviso. Para ellos era tan difícil ver cómo algunos de sus compañeros llegaban a su trabajo en la mañana y en la tarde, por algún error cometido eran despedidos y sin ningún tipo de seguridad laboral. En su país, Santiago había trabajado para una compañía de seguridad laboral y social. Él conocía muy bien los derechos y garantías de protección laboral fundamentales para un empleado, pero al parecer, en el país del norte esas garantías no existían para los empleados indocumentados y las garantías eran muy diferentes a las de su país para los demás empleados. El nuevo trabajo de Santiago era una luz en medio de la oscuridad y le generaba un poco más de paz y esperanza para ofrecerle un mejor futuro a la hija que tanto anhelaba.

Por su parte, Valeria había comenzado a trabajar como manicurista y pedicurista en un hotel en el centro de la ciudad, después de estudiar mucho había logrado pasar el examen para obtener su licencia como técnica en uñas y estaba feliz de tener un trabajo en el que finalmente se podía sentar gran parte del día. Había disfrutado su tiempo en la tienda de artículos para fiestas y le había dolido dejar a su amigo Drew, pero era tiempo de hacer algo nuevo, no obstante, dejó las puertas abiertas para el futuro.

Cuatro semanas después de que Santiago comenzó a trabajar en el laboratorio dental, una amiga de Valeria la llamó para darle las buenas noticias acerca de la ley 245-i de inmigración, la cual estaba diseñada para ayudar a las personas indocumentadas en Estados Unidos a solicitar su tarjeta de residencia sin tener que salir del país. Después de comunicarle las buenas nuevas a Santiago, hablaron inmediatamente con Lucas y Martín y programaron una cita con un abogado de inmigración que alguien conocido les había recomendado. El día de la cita con el abogado llegó y Valeria estaba muy nerviosa, todo parecía muy bueno para ser verdad, Lucas y Martin estaban muy escépticos y Santiago se estaba contagiando de su escepticismo. El abogado comenzó por explicarles que, para poder calificar, un miembro cercano de la familia o un empleador debía realizar la petición a inmigración antes del 30 de abril de ese mismo año, adicionalmente las personas que estaban siendo pedidas deberían demostrar que habían estado físicamente presentes en Estados Unidos el 21 de diciembre del 2000 y pagar una multa de 1000 dólares por persona. El abogado les aclaró que esta ley no era una amnistía, sino una manera de ayudar a las personas a obtener residencia en este país, adicionalmente les dijo que para iniciar el proceso él solicitaba un pago de 2000 dólares por pareja y que el resto del dinero se debía pagar cuando se enviaran los documentos y formularios a inmigración.

Al salir de la oficina todos tenían sentimientos encontrados, menos Valeria, para ella esta era la respuesta a sus oraciones y también un milagro que sólo Dios podía hacer. Martín expresó su temor de decirle a su empleador, ya llevaba más de un año en el lugar que trabajaba y nadie sabía que no tenía documentos, no era el mejor trabajo del mundo, pero por lo menos era estable y podía mantener a Cristina y Miguel. Él no quería arriesgarse a decirle a su jefe y que lo despidieran inmediatamente, por otro lado, Lucas manifestó su falta de dinero para pagarle al abogado.

Santiago estaba muy entusiasmado y también veía toda la situación como un verdadero milagro, teniendo en cuenta que la última amnistía había sido aprobada por el presidente Reagan en 1986, solo le preocupaba que llevaba solamente un mes en el laboratorio dental y no estaba seguro si el administrador estaría dispuesto a firmar los documentos de petición de inmigración. Valeria y Santiago oraron ese fin de semana y decidieron tomar el riesgo de que Santiago hablara con su jefe y tal vez fuera despedido, decidieron una vez más confiar en Dios. El lunes a primera hora Santiago con mucha vergüenza le contó a su jefe que él era indocumentado y que se estaba presentado la oportunidad de legalizar su situación de inmigración a través de la ley 245-i y le pedía el favor de firmar la petición a inmigración para que el abogado pudiera comenzar el proceso.

Valeria había visto que para Dios no era nada imposible, era testigo de cómo Dios abría puertas que nadie podía cerrar y cerraba puertas que nadie podía abrir, sabía que lo que para los hombres era imposible, era posible para Dios. Sin embargo, esa mañana estaba muy nerviosa y no podía esperar a que Santiago la llamara a contarle qué había dicho su jefe. Los minutos parecían horas y en medio de su nerviosismo oraba y recordaba en voz alta Deuteronomio 11:8-11, los versículos con los que Dios les había hablado para que se vinieran a este país y en los cuales les había dicho que si cumplían con sus mandamientos, tomarían posesión de este país, pero por un momento se entristeció porque sabía que ni ella ni Santiago habían cumplido los mandamientos, eso era algo muy difícil, ellos eran tan humanos... tan llenos de pecado, agradeció a Dios que Jesús había tomado su lugar en la cruz y que por gracia, por un regalo divino, Jesús había pagado por todos sus pecados y los había cargado para que ella y Santiago y todo el que creyera en Jesús fueran libres de las consecuencias de no haber obedecido sus mandamientos.

Santiago no quiso darle a Valeria la noticia por teléfono, así que durante la hora del almuerzo fue rápidamente hasta el apartamento y con lágrimas en los ojos le comunicó que su jefe había aceptado firmar la petición 245-i... así, de un momento a otro y por obra de Dios comenzaban su camino hacia la legalidad en el país del norte. Inmediatamente Valeria se puso en contacto con el abogado e iniciaron un proceso de recopilar los documentos requeridos, Santiago hizo el desembolso de los dos mil dólares iniciales y se dieron a la tarea de reunir toda la documentación y las firmas antes del 30 de abril, fecha del último plazo que daba inmigración. A Valeria se le facilitó reunir todos los documentos requeridos para la petición, sin embargo, le costó trabajo encontrar una prueba de que tanto ella como Santiago estaban presentes en el país el día 21 de diciembre del año 2000. Valeria le pidió a Dios que la ayudara a encontrar algún papel, algún recibo, algún documento con esa fecha y pocos días después mientras limpiaba la guantera de su carro encontró un recibo del pago de la gasolina que precisamente había realizado el 21 de diciembre, la prueba que comprobaba que ella había hecho el pago era el número de la tarjeta de crédito que estaba a su nombre. Feliz, se reunió con el abogado y le entregó todos los papeles requeridos, incluida la petición de inmigración firmada por el empleador de Santiago. El abogado comprobó que todo estaba en orden y les aclaró que la petición se hacía a nombre de Santiago, el cual, en caso de ser aprobado, sería al que le otorgarían inicialmente un permiso de trabajo. A Valeria, por ser su esposa, le otorgarían un permiso de estadía, pero no podría trabajar hasta que en el futuro se hiciera la petición de cambio de estatus y se solicitara la residencia para los dos. El abogado le advirtió enfáticamente a Valeria que después de que recibiera el permiso de estadía no podía trabajar con documentos ilegales porque eso no sería bien visto por inmigración en el momento de solicitar la residencia permanente y podrían rechazar la petición.

Tanto Santiago como Valeria estaban agradecidos con Dios por esta oportunidad milagrosa, no podían creer que a menos de dos años de vivir en este país hubiera la posibilidad de obtener documentos, no obstante, Valeria se angustiaba al recordar las palabras que el abogado les había dicho respondiendo a la pregunta sobre cuánto tiempo tomaría el proceso de legalización: les dijo que para obtener el permiso de trabajo para Santiago la espera sería de unos 3 a cuatro años y después sería necesario esperar un par de años más para solicitar la residencia.

Valeria había sido una mujer trabajadora, a los 18 años había comenzado a trabajar para ayudar con los gastos de la casa y a los 19 años había transferido sus clases de la universidad para la noche y en el día había comenzado a trabajar en un banco. Ella siempre había sido muy activa y no se veía inactiva laboralmente por 5 años "en el mejor de los casos". Poca idea tenía Valeria de que el proceso a la ciudadanía duraría alrededor de 19 años, pero que su Padre y buen Dios tenía muchas sorpresas buenas reservadas para ella durante todo ese proceso.

A pesar de que el plazo para entregar la aplicación a inmigración era el 30 de abril, los documentos se lograron entregar la primera semana de abril. Santiago y Valeria sintieron que se les quitó un peso de encima y por unos días olvidaron el hecho de que ya llevaban casi 5 meses intentando quedar esperando bebé; en realidad no era mucho tiempo, pero Valeria había empezado a tener pensamientos negativos. El doctor le había recomendado parar de tomar anticonceptivos un año antes de cuando quisiera quedar embarazada, para entonces llevaba 15 meses de haber parado la píldora y con 29 años de edad estaba sintiendo la presión de que la mayoría de casadas a su edad ya habían tenido por lo menos un bebé. Para el año 2001, el promedio nacional para tener el primer bebé era entre los 25 y 26 años de edad

Era la última semana de abril y el clima en Oklahoma City era maravilloso, estaban en plena primavera y, a pesar de las alergias que tanto afectaban a Valeria, decidió invitar a Santiago y a Lucas a dar un paseo por el downtown o centro de la ciudad. Desde que Santiago y Valeria habían llegado al país del norte les había tocado trabajar los sábados, eso sí nunca habían aceptado trabajar los domingos porque ese era el día que le dedicaban a Dios y asistían a la iglesia sin falta, estaban muy agradecidos con Dios que desde que Santiago había comenzado a trabajar en el laboratorio dental finalmente ambos tenían los fines de semana libres y los emocionaba salir ese sábado, recorrer las calles del centro y visitar el festival de arte.

Valeria estaba estrenando un vestido corto, blanco y de manga sisa que tenía flores azules impresas. Santiago la veía preciosa en ese vestido, con sus rizos dorados y le hizo el comentario a su padre de lo linda que se veía ese día en particular. Lucas estuvo de acuerdo y también le preguntó si Valeria ya estaba embarazada porque nunca la había visto tan caderona. Valeria era una mujer de estatura pequeña y delgada, jamás se ponía una falda más abajo de las rodillas porque le parecía que al ponerse faldas largas se veía con piernas de mirla por lo delgadas que tenía sus pantorrillas. Santiago se sorprendió del comentario de su padre y Lucas rápidamente le explicó que cuando su madre había estado embarazada de él y de su hermano Martin, sus caderas se habían agrandado desde el primer momento. Santiago le respondió que todavía no estaban esperando bebé, pero que seguían "trabajando" en eso.

Dos semanas después Santiago confirmó el conocido dicho popular que dice "más sabe el diablo por viejo que por diablo". Valeria muy emocionada le informó a Santiago que su periodo estaba retrasado una semana y que ella creía que estaba esperando bebé, Santiago inmediatamente recordó lo que su papá le había dicho mientras visitaban el festival de arte y fue a la farmacia y compró una prueba casera de embarazo. Valeria nunca se había hecho una prueba de embarazo entonces no tenia ni idea de cómo funcionaba, entre los dos leyeron las instrucciones y Valeria entró al baño e hizo todo lo que había leído, dos minutos después las dos rayas que indican embarazo aparecieron y ella salió como loca gritando de la emoción. Santiago se unió a los gritos de ella, se fundieron en un largo abrazo y lloraron hasta quedar exhaustos, estaban tan emocionados y tan agradecidos con Dios por haber escuchado sus deseos. Valeria era muy estricta llevando sus cuentas y de acuerdo a sus cálculos ella tenía alrededor de 3 semanas de embarazo, sin embargo, Santiago pensó que necesitaban confirmarlo con un médico y ambos decidieron que al otro día irían a un consultorio médico. Efectivamente el doctor verificó lo que la prueba casera ya había dicho y los felicitó por su embarazo. También los refirió a una de las clínicas de la ciudad que atendían pacientes sin seguro médico. Valeria quería avisarle a su madre inmediatamente, pero Santiago la detuvo y le sugirió esperar un par de semanas más al día de la madre y darle esa sorpresa a Laura como regalo… esa noticia sería el mejor regalo de madre para la futura abuelita y, para que no se dañara la sorpresa, decidieron que hasta ese día tampoco les contarían a Lucas, Martin y Cristina.

El día de la madre llegó y Valeria se levantó muy temprano para llamar a Laura. Ahora que sus dos hijas estaban casadas, el deseo más grande de Laura era convertirse en abuelita, deseaba tejer sacos y patines para sus nietos y pasar horas con ellos. Valeria no pudo contener las lágrimas de la emoción y como pudo con la voz entrecortada le comunicó que en 9 meses sería abuela, Laura también se puso a llorar y muy conmovida le contó que hacía exactamente una semana Dios le había hablado de una manera muy especial mientras caminaba cerca de su apartamento. El día en que Valeria había nacido, su padre le había regalado a Laura una planta de orquídeas rosadas, coincidencialmente el día que Laura salió a caminar por su vecindario vio que había un vendedor de plantas y, aunque no era la época del año para vender orquídeas, tenía una sola planta de orquídeas rosadas, la cual ella inmediatamente compró porque le recordaba el nacimiento de su hija mayor. Ahora, una semana después ella confirmaba que Dios le había avisado del nacimiento de su primera nieta y, como siempre lo había soñado, inmediatamente terminó la llamada telefónica con Valeria se fue y compro lana suficiente para tejer varios sacos de bebe, gorritos, mitones y por supuesto patines también.

Los días pasaban y la barriguita de Valeria crecía, su trabajo haciendo manicures y pedicures le permitía tener un horario flexible y permanecer sentada para no cansarse tanto, especialmente cuando el verano llegó y sus pies tendían a inflamarse por el calor. Santiago cada día aprendía algo nuevo en su trabajo como técnico dental, estaba muy agradecido con Dios y con su amigo, que ahora era su compañero de trabajo, por haber pensado en él para ese puesto. El encargado del laboratorio estaba muy satisfecho con su trabajo y le dio la oportunidad de estudiar algunas clases para perfeccionar el manejo y la confección de las diferentes piezas dentales. Había tanto para agradecerle a Dios, pero había algo que no dejaba estar tranquila a Valeria y era el hecho de que tan pronto Santiago recibiera su permiso de trabajo ella ya no podría seguir trabajando, esa era la recomendación que el abogado les había hecho. Un día que no tuvo que trabajar decidió abrir completamente su corazón con Dios durante su tiempo a solas con él y de rodillas le rogó que hiciera un milagro y de alguna manera le permitiera tener un trabajo. Santiago en repetidas ocasiones le había dicho que no se preocupara por eso porque él tendría dos trabajos para que ella no tuviera que trabajar, pero el deseo de trabajar de Valeria no era solamente por el dinero que ella traía a casa, sino por el hecho de sentirse útil y de seguir avanzando laboralmente en este país.

Además de continuar su amistad con Jackie, Valeria se había vuelto buena amiga de Noelia, la esposa del compañero de laboratorio de Santiago. Ambas le llevaban más de una década a Valeria, pero se entendían muy bien con ellas. Por un lado, Jackie tenía una personalidad similar a Valeria, ambas extrovertidas, risueñas y burleteras, por otro lado Noelia y Valeria asistían a la misma iglesia y ahora sus esposos compartían el mismo trabajo. Noelia tenía tres hijos adolescentes y vivía cerca al apartamento de Valeria, algunas veces pasaban la tarde juntas conversando de cosas de la Biblia y del matrimonio. Un día, Noelia no aguantó más y abrió su corazón con Valeria contándole la situación de su relación.

A pesar de asistir a la iglesia, su esposo y ella llevaban una relación un poco tormentosa. Poco tiempo después de estar casada, Noelia se enteró de que ella era la quinta esposa de su marido, ella sabía que había tenido otras relaciones antes de ella, pero nunca imaginó que había tenido todos esos fracasos matrimoniales. Ella quería a su esposo y también estaba muy agradecida con él por sus hijos y porque no le importó que era indocumentada y le brindó la oportunidad de llegar a obtener su green card, sin embargo, él era una persona afuera de la casa y otra adentro. A él le gustaba predicar a otros, pero él no practicaba lo que decía, ellos ya no se llevaban bien y ella sentía que la trataba como si fuera la niñera de sus hijos, no su esposa, además tenía vicios que no quería dejar. Valeria se preocupó mucho y prometió orar por ellos y hablar con Santiago para ver cómo los podrían ayudar. Las dos parejas continuaron su relación de amistad, se visitaban frecuentemente, salían de la iglesia y almorzaban juntos, tenían citas los cuatro y algunos fines de semana salían de paseo a pueblos cercanos a Oklahoma City. Sin embargo, cada vez que Santiago trataba de tocar el tema de su matrimonio con el esposo de Noelia, rápidamente él cambiaba de tema y se hacía evidente que no quería que se metiera en las cosas íntimas de su relación.

Un par de meses después, Noelia llamó llorando a Valeria y le dijo que ella creía que su esposo se había vuelto loco porque había llamado a la policía y la había acusado de no tratar bien a sus tres hijos, la policía después de escuchar la historia inventada por parte del esposo de Noelia, le pidió que saliera de su casa y no se acercara a sus hijos hasta que se iniciara una investigación. Noelia estaba devastada y Valeria estaba aterrada. Ella había escuchado muchas veces las historias de que, si los padres maltrataban a sus hijos, el departamento de salud vendría y se los quitaría; y si fuera el caso, darían en adopción a los niños con otra familia, pero jamás había visto un caso real, ella creía que eran historias para asustar a los inmigrantes para que no corrigieran a sus hijos.

Noelia no tenía familia en Oklahoma City, toda su familia vivía en El Paso, Texas y algunos todavía vivían en México. No tenía donde quedarse, entonces Valeria y Santiago abrieron las puertas de su pequeño apartamento y la recibieron, cuando Noelia llegó al apartamento tenía sus ojos inflamados de tanto llorar, les explicó que no entendía porque su esposo se estaba comportando así y que no podía creer que le estuviera haciendo eso. Esa noche Santiago oró por Noelia y su familia, también le dijo que podía quedarse el tiempo que fuera necesario hasta que regresara a su casa. Poco conocían Santiago y Valeria de cómo funcionaban las cosas en este país, especialmente cuando se trataba de un caso que implicara la seguridad de unos niños, ni se les pasaba por la mente que Noelia jamás volvería a su casa porque ella terminaría divorciándose de su esposo y el caso de sus hijos duraría muchos años hasta que se demostraría la inocencia de Noelia.

A la semana siguiente de haber llegado al apartamento de Santiago y Valeria, Noelia consiguió otro lugar para vivir. Noelia dejó de asistir a la iglesia por sugerencia de su abogado para no ver a su esposo y se dedicó a trabajar para recuperar a sus hijos, sin embargo, la lejanía de Dios y los malos consejeros hicieron mella en su vida, meses después llamó a Valeria y le pidió que se vieran en un restaurante para hablar. Valeria estaba muy intrigada porque desde que Noelia había salido de su apartamento no había vuelto a llamarla. Cuando Valeria llegó al lugar, Noelia ya estaba allí, su rostro estaba muy cambiado, lucía muy sobrio y sus ojos estaban apagados y con una mirada maligna. Valeria se preocupó. Después de un corto saludo Noelia le dijo la razón por la que le había pedido a Valeria que se vieran, le confesó que la idea de perder a sus hijos la estaba enloqueciendo y que secretamente había contratado a un hombre para que matara a su exesposo.

Cuando Noelia le dijo a Valeria lo que había hecho, Valeria pudo ver en los ojos de su amiga toda la maldad que había en su corazón, todo el odio y la amargura que había acumulado durante esos meses. Noelia continuó contándole que, al siguiente día, el hombre que había contratado, se presentaría en la casa del padre de sus hijos y durante las horas de la noche rompería las mangueras del líquido de frenos de su carro personal para que se quedara sin frenos y todo pareciera un accidente. Noelia no conocía a la persona que haría el trabajo, ella había hablado con un intermediario que se encargó de todo, ella solo había pagado por el trabajo. El corazón de Valeria estaba a punto de explotar, no podía creer cuanta maldad había en el corazón y la mente de su amiga, el bebé se movía de un lado a otro en su vientre por todas las emociones que su madre estaba sintiendo. Valeria estaba en shock, no sabía qué decir, cuando finalmente pudo hablar le preguntó a Noelia por qué le había contado todo eso; Noelia le dijo que no sabía por qué lo había hecho. Después de unos minutos Valeria comprendió que Dios en su bondad le había permitido a Noelia contarle a ella para evitar una tragedia, todavía estaban a tiempo de evitar que ese hombre fuera a la casa de su exesposo. Valeria oró por su amiga, oró por su exesposo y por sus hijos, le pidió a Dios que las guiara para encontrar la manera de parar ese siniestro plan.

Noelia le pidió que no la juzgara, le explicó que durante todos esos meses había hecho todo lo posible por recuperar a sus hijos, pidió ayuda en el departamento de servicios humanos y le habían asignado un abogado de oficio pues ella no tenía el dinero para pagar uno privado; acudió a cuanta persona se le ocurrió, pero no encontró ayuda, le explicó que ahora entendía el drama de sus compatriotas que no conocían el sistema de este país y que no había encontrado otra salida. Cuando Valeria le preguntó si le había pedido ayuda a Dios, Noelia le contestó que no, porque Él no la escuchaba, Dios había permitido que todo esto estuviera sucediendo y qué se había alejado completamente de Él. Noelia y Valeria se despidieron con la promesa de que Valeria haría lo que fuera necesario para evitar que el plan de Noelia se llevara a cabo. Al llegar a la casa, inmediatamente le contó todo a Santiago y decidieron llamar a la pastora de la iglesia a la que Lucas, Martín y Cristina asistían. Ella era una mujer americana bastante mayor y tenía mucha sabiduría de parte de Dios... Muy seguramente la hermana Rheinbolt sabría qué hacer.

Inmediatamente después de que la hermana Rheinbolt llamó a la policía, el exesposo de Noelia fue alertado de un posible intento de asesinato hacia él, rápidamente se ordenó que fuera custodiado durante una semana y también revisaron exhaustivamente su carro. Noelia por su parte trató de comunicarse con el hombre que iba a contratar al asesino, pero no tuvo éxito y entró en un ataque de pánico al pensar que nada se iba a poder hacer para impedir el intento de asesinato. Valeria la llamó para decirle que la policía ya estaba informada de todo y que solo quedaba pedirle a Dios que el hombre contratado se diera cuenta de que su exesposo estaba siendo custodiado y desistiera. Santiago nunca le comentó nada a su amigo en el trabajo, pero era una situación bastante incómoda. Cuando los meses pasaron y nada sucedió, Valeria y Santiago dieron gracias a Dios de que había guiado a Noelia para hablar con Valeria y se había podido evitar una tragedia.

Corría el mes de septiembre y Valeria ya tenía 6 meses de embarazo. Eran las 9:50 am del día martes 11 de septiembre y como todos los días Valeria se estaba alistando para salir a su trabajo en el salón de belleza; ese día, como estaba un poco atrasada, no había prendido el televisor para ver el noticiero de la mañana. De un momento a otro su teléfono sonó, era muy raro recibir una llamada telefónica a esa hora porque Santiago estaba trabajando y su familia no la llamaba generalmente a esa hora. Al contestar quedó muy sorprendida porque era su jefe y lo primero que le preguntó era si estaba viendo las noticias, antes de colgar le dijo que no fuera a trabajar ese día y que prendiera el televisor. Valeria corrió a prender el televisor y al ver las terribles imágenes del primer avión estrellándose contra una de las torres gemelas de Nueva York quedó sentada, lo primero que pensó fue en la seguridad de su hija que venía en camino, inmediatamente llamó a Santiago y decidieron que lo mejor era que se fuera para el apartamento de Lucas. Al llegar allá se encontró con Cristina y Miguelito que acababan de llegar también, Lucas había salido para su trabajo, pero al escuchar la noticia en la radio se devolvió para estar con Cristina y Valeria, ya que Santiago y Martin no podían salir de sus trabajos. Rápidamente prendieron el televisor y no habían pasado ni 3 minutos cuando vieron que un avión de la aerolínea United se estrellaba contra la otra torre del World Trade Center, todos quedaron espantados y Valeria tuvo que sentarse y sintió como su bebita se movía en su vientre, no podían entender qué estaba pasando.

Valeria llamó inmediatamente a su hermana Aleja, en medio de la conmoción de las aterradoras noticias olvidó que ese día su hermana y su cuñado viajaban de la Florida a Oklahoma. Estaban trasladándose por el nuevo trabajo que había conseguido David, en una firma muy importante de contabilidad. Aleja estaba igualmente en shock, cuando se enteró de las noticias, ella y David estaban desayunando para salir para el aeropuerto, lo único que le pudo decir a Valeria era que necesitaba calmarse por el bien de la bebé, colgaron y Aleja le dijo que apenas tuviera noticias de su vuelo la llamaría. A las 10:26 am, anunciaron por televisión nacional que todos los vuelos civiles quedaban cancelados en todo el país, inmediatamente Aleja le informó a Valeria que el vuelo a OKC quedaba pospuesto indefinidamente.

Lucas trataba de mantener la calma y darles paz a Cristina y Valeria, pero sobre todo a Valeria. Bajó el volumen del televisor y comenzó a orar, pidiendo que Dios les diera la paz que el mundo no entiende y que protegiera a Los Estados Unidos de América y al mundo entero. En ese momento entró una llamada de Laura, allá en su país, en Sur América todo está convulsionado también, Laura estaba llorando y le pidió a Lucas que le pasara a su hija al teléfono, inmediatamente Valeria pasó al teléfono y Laura ya un poco más calmada le preguntó si se sentía bien, le pidió que estuviera tranquila y le recordó que Dios está en control, también le preguntó si sabía algo de Alejandra porque no le contestaba el teléfono, Valeria le informó que ella y David habían salido para el aeropuerto para averiguar qué iba a pasar con su vuelo y que apenas tuviera más información le avisaría.

Más o menos 10 minutos después de la noticia de la cancelación de todos los vuelos en territorio americano, anunciaron que otro avión se había estrellado contra el edificio del Pentágono. Ni Cristina, ni Lucas, ni Valeria podían creer lo que oían y veían. Las imágenes eran apocalípticas, Valeria oraba para calmarse y no afectar a su bebé, pero empezó a pensar a qué clase de mundo llegaría su bebita; era como si en tan solo una hora el mundo se estuviera derrumbando ante los ojos del planeta entero. Textualmente las torres gemelas se derrumbaron y los noticieros mostraron en vivo y en directo como los edificios más prominentes de Los Estados Unidos quedaron hechos polvo, la primera torre a las 9:59 am, es decir 57 minutos después del impacto y la segunda torre cayó a las 10:28 am, 102 minutos después del impacto. Horas después, había terminado el ataque terrorista más grande en la historia de este país, superando al atentado terrorista de Oklahoma City en 1995. El día terminó con casi tres mil muertos, 3 edificios derrumbados, incluido el edificio 7 de 47 pisos que hacía parte del World Trade Center, 4 aviones secuestrados y estrellados, las bolsas mundiales en pánico y un país sumido en el desconcierto, el dolor y el horror. Por otro lado, el grupo extremista islámico al-Qaeda y su líder Osama Bin Laden celebraban el éxito táctico de su operación que incluyó el suicido de 19 de sus militantes, quienes secuestraron los 4 aviones.

Santiago llamó más de 10 veces a Valeria para saber si estaba bien, para el medio día le dijo que fuera y llenara el carro de gasolina porque los noticieros dijeron que iba a haber escasez, Lucas no la dejó ir sin almorzar y le pidió que tan pronto volviera a su apartamento le avisara que había regresado bien. Valeria manejó a la estación de gasolina más cercana pero la fila de carros era de unas cinco cuadras de larga, después de ir a varias estaciones se dio cuenta que muy seguramente todas estarían igual y decidió hacer la fila en una de ellas. Durante casi una hora esperó su turno y mientras tanto tuvo una conversación con Dios, le preguntaba la razón de por qué estaba pasando todo lo que estaba pasando, cuestionaba también si sería que ella y Santiago habían hecho bien en venirse a vivir a este país, ¿Qué sería de ellos? ¿Qué sería de su bebita? ¿Qué sería del mundo? Le preguntaba a Dios si ese era el comienzo del fin, si las profecías del apocalipsis habían comenzado a cumplirse ese día, se preguntaba tantas cosas… pero en medio de la incertidumbre el Espíritu Santo le recordó la promesa que Dios les había dado en Deuteronomio 11, promesas de bendición en la tierra prometida a la que iban, recordó que en esta tierra fluía leche y miel, que si se aferraban a sus mandamientos serían fortalecidos y Dios los bendeciría sin importar lo que estuviera pasando.

Los días que siguieron al ataque del 9/11 fueron días sombríos, el país estaba de luto, Valeria se preguntaba cuánto tiempo pasaría para qué el país del norte se recuperara del día más negro en su historia contemporánea. Santiago, Lucas, Martín, Cristina y Valeria coincidían en que la única manera para que el país se recuperara era si se volvían a Dios, era un tiempo de arrepentimiento, de oración, de buscar a Dios.

Tristemente, por unos meses las iglesias se llenaron, la gente quiso saber de Dios, pero cuando las cosas se empezaron a normalizar volvieron a su antigua vida sin Dios.

En un año tan convulsionado, Valeria y Santiago estaban agradecidos de todas las bendiciones que habían recibido de parte de Dios; la primera de ellas fue el trabajo estable que Santiago obtuvo a comienzos del año, no solo trajo estabilidad financiera a su hogar, sino que también equipó a Santiago con una nueva profesión que desarrollaría por varias décadas en este nuevo país. La segunda bendición fue la posibilidad de tener documentos en este país, Dios proveyó el abogado y el dinero para enviar los documentos al departamento de inmigración, la tercera gran bendición fue el embarazo de Valeria, algo por lo que habían esperado 5 años, Por último, 8 días después del 9/11, Aleja y David pudieron viajar para vivir en Oklahoma City indefinidamente; ¿qué más le podía Valeria a Dios? bueno, en realidad sí había una cosa más, que Laura se viniera a vivir a OKC también.

Era diciembre del 2001, Valeria y Santiago estaban listos para conocer a su bebé, la ecografía ya les había confirmado que Dios cumplía los deseos de su corazón y tendrían a una linda niña. Poco a poco habían comprado todas las cosas que se necesitaban para la llegada de la bebé. Laura llegó a mediados de diciembre y ayudó en la decoración del cuarto de María José. Para Santiago y Valeria fue muy fácil escoger el nombre de su hija; durante los años setentas tanto Santiago como Valeria veían un programa infantil argentino, cuya protagonista se llamaba María José, era el amor platónico de Santiago y él siempre había dicho que, si algún día tenía una hija, la llamaría así. Cuando Valeria escuchó la historia, recordó a esa bella actriz e inmediatamente estuvo de acuerdo con el nombre.

A la media noche del 3 de enero del 2002, Valeria rompió fuente y empezó a tener contracciones cada 20 minutos;

Santiago quería salir corriendo para el hospital, pero Valeria recordó la advertencia de su enfermera que le había dicho que se fuera al hospital solamente cuando las contracciones fueran cada 5 minutos. A la mañana siguiente Lucas llegó muy temprano para ver si ya era tiempo de salir al hospital, después de una llamada al doctor, Santiago confirmó que debían esperar un poco más hasta que las contracciones fueran más seguidas, finalmente a las 4 de la tarde Santiago, Valeria, Lucas y Laura salieron para el hospital. Valeria se sentía muy nerviosa de que no pudiera entender a los médicos ni a las enfermeras mientras tenía los dolores de parto, ya entendía bastante inglés, pero no se sentía capaz de hablarlo en medio del parto, por esta razón le pidió a su amiga Jackie que estuviera con ella durante todo el nacimiento. Santiago y Valeria estaban sorprendidos de que en el hospital les permitieran tener a cuantas personas quisieran estar presentes durante el parto, eso lo habían notado el día que nació Miguelito, el hijo de Martín y, a pesar de que Valeria le tenía terror a la sangre, resultó entrando al cuarto durante el parto y por primera vez en su vida vio nacer a un bebé, claro que tuvo que sentarse después de ver nacer a Miguelito porque las piernas le temblaban.

Valeria desde un principio habló con Lucas y Laura, les pidió que no entraran durante el parto, a ella le daba pena que la vieran desnuda y solo por la necesidad de un traductor le pidió a Jackie que estuviera allí. Desde la primera cita al ginecólogo Valeria le había pedido a su doctor que le hiciera una cesárea, así fue como Laura tuvo a sus dos hijas y así mismo quería ella tener su parto. Laura siempre hablaba de que no había sentido los dolores del parto y Valeria en su cobardía por el dolor físico deseaba que fuera igual con ella. Una noche después de haber tenido una cita de control con su doctor, se puso a leer una revista que le dio la enfermera, en la revista estaba descrito con lujo de detalles cómo sería el parto, Valeria estaba sola mientras leía el informe y mientras más leía más se aterraba de lo doloroso que era traer un ser humano al mundo, ella estalló en llanto esa noche y no sabía de dónde iba a sacar la valentía para traer al mundo a María José, por eso la cesárea era la mejor opción… según ella. Desde esa primera cita médica, el doctor le había advertido que en este país se realizaba una cesárea solamente si se necesitaba, no era algo que ella podía decidir, especialmente porque ella no tenía un seguro privado, sino que estaba usando el seguro del gobierno.

Al llegar al hospital Valeria estaba tranquila y se sentía muy bien, tan bien, que se ofreció a traducir del inglés al español a otra mujer que también estaba comenzando trabajo de parto, sin embargo, la tranquilidad le duró muy poco porque las contracciones empezaron a ser más fuertes y más seguidas con el pasar de los minutos. Santiago estaba bastante nervioso y ver sufrir a su esposa lo ponía peor, él no se retiraba de su lado y la acompañó en todo momento, aunque cada treinta minutos salía para darle noticias a su papá y a su suegra. Aprovechaba ese momento para desahogarse con ellos por el dolor que sentía de ver a Valeria sufriendo por las contracciones, Lucas y Laura le daban ánimo y consuelo, también oraban con él, por él, por Valeria y por María José. Las horas pasaron y por fin había llegado la hora de que le pusieran la anestesia a Valeria, ya estaba lo suficientemente dilatada y el doctor dio el visto bueno para que le inyectaran la epidural. Minutos después Valeria estaba tranquila y lo peor había pasado, Santiago atendía todos sus pedidos, le traía hielo para la sed, le alcanzaba la barra para humectar los labios, le tapaba los pies, en fin, hacía todo lo que estaba en sus manos para ayudar a Valeria. Cuando el doctor le dijo que Valeria tenía 8 centímetros de dilatación, llamó a Jackie para que viniera a ayudarlos en la traducción durante el parto. Finalmente, a las 10:27 pm María José llegó a este mundo pesando 6 libras y 7 onzas, midiendo 49 centímetros y mostrando desde ese momento algunos de los rasgos de su personalidad que la acompañarían por muchos años: María José sería una niña curiosa y llorona.

Valeria y Santiago estaban exhaustos después del trabajo de parto, Santiago no podía creer que hubiera sido capaz de cortar el cordón umbilical de su hija, no sabía de dónde había sacado fuerzas para no desmayarse. Tampoco entendía cómo una mujer podía soportar tanto dolor para traer al mundo a otra persona, desde ese momento veía con otros ojos a Valeria, admiraba el valor que tuvo para soportar las contracciones, para hacer su trabajo al momento de dar a luz y también para soportar el dolor del desgarro vaginal y la sutura que tuvieron que hacerle para cerrar la piel. Desde el momento que las enfermeras le alcanzaron su pequeña bebita a Valeria, María José no se despegó del pecho, succionaba con mucha fuerza, como si no hubiera comido nunca y cada vez que la separaban del pecho lloraba sin consuelo. Valeria y Santiago esperaban que pronto su bebita se durmiera y los dejara descansar unas horas, pero esperaron toda la noche y María José nunca cerró sus ojos, por el contrario, los mantenía bien abiertos como si quisiera observar con mucho detalle todo el mundo que la rodeaba.

Dios una vez más había sido misericordioso y fiel con Santiago y Valeria, les permitió tener casa, una nueva profesión para Santiago, lograron iniciar su proceso de legalización y además, les concedió el deseo más grande de sus corazones que era tener una hija... ellos no tenían palabras para agradecer todas las bondades que Dios les había dado en los últimos meses.

Con el nacimiento de María José la familia creció un poco más, sin embargo, ese año se extendió más con la llegada indefinida de Aleja y Daniel a Oklahoma City; ¡entre la familia de Santiago y la de Valeria ya eran diez personas!

Los planes de Dios son mejores que los nuestros.

2002-2003
Yo sé los planes que tengo para ustedes, planes para su bienestar y no para su mal, a fin de darles un future lleno de esperanza. Yo, el Señor, lo afirmo. Jeremías 29:11

Valeria estaba feliz con su muñeca, María José era la respuesta a sus oraciones, ella la veía bellísima, era tan inteligente, tan despierta, tan inquieta… que no los dejaba dormir a ninguno de los dos.

Días antes del nacimiento de María José, Valeria renunció a su trabajo y Santiago tomó un segundo trabajo en las noches como mesero en un restaurante de comida mexicana para que Valeria se pudiera dedicar a su hija de tiempo completo, por lo menos por su primer año de vida. El día que Santiago tuvo la entrevista en el restaurante, Laura y Valeria se quedaron en el carro orando para que Santiago pudiera entender las preguntas que le hicieran, aunque ya entendían un poco más el inglés, todavía se le dificultaba bastante entender lo que le decían. Sin embargo, unos 20 minutos después Santiago salió victorioso porque, a pesar de sus dificultades con el idioma, logró obtener el trabajo como mesero. Los días transcurrieron y atrás quedaron las noches de insomnio y cansancio por la beba recién nacida. Laura ayudaba en el día a cocinar y hacer los quehaceres de la casa, Valeria se dedicaba al cuidado de María José y Santiago trabajaba en el laboratorio dental y en el restaurante, de esta manera proveía todo lo que se necesitaba en la casa. Por otro lado, Lucas continuaba en su trabajo y ayudaba a sus dos hijos, a sus nueras y a sus nietos en todo lo que podía, tanto Miguelito como María José eran la luz de sus ojos y hacía todo lo que estuviera a su alcance para pasar tiempo con ellos y disfrutarlos. Laura por su parte no podía estar más agradecida con Dios, su dicha ahora era completa ya que tenía a sus dos hijas viviendo en la misma ciudad y estaba dedicada completamente a su nieta, aunque también esperaba pacientemente a que Aleja y David se decidieran a ser padres, definitivamente eran buenos tiempos.

María José ya había cumplido seis meses de edad y, aunque no se le entendía nada, hablaba como cotorra, pero a pesar de que Valeria todos los días le enseñaba como decir mamá, su primera palabra fue papá. Laura y Valeria se dedicaban enteramente a la crianza de la bebé y lo disfrutaban completamente; sin embargo, Valeria notó que, aunque Santiago no se quejaba, se estaba sintiendo bastante cansado y era muy poco el tiempo que podía pasar con María José. Valeria le empezó a pedir a Dios que le mostrara alguna manera para ayudar con los gastos de la casa y pocos días después Jackie, su amiga la llamó para informarle que se iba a vivir a Atlanta y que quería dejarle dos de las casas que ella limpiaba para que ahora las limpiara ella. Santiago sentía que no era necesario que Valeria trabajara, pero aceptó porque eran solo 3 horas durante dos días a la semana y Laura quedaría encargada de María José durante esas horas, de esa manera Santiago ya no tenía que trabajar tantas horas en el restaurante y podía pasar más tiempo con su hija.

Valeria había sido una persona muy sociable toda su vida, pero desde que el tío Pacho le había dicho que en este país una de las cosas más valiosas era la información, trataba de conocer muchas personas que la ayudaran a establecerse en este país. Un día alguien le avisó sobre una reunión en la que darían información acerca de cómo comprar casa por primera vez, a pesar de que algunos familiares y amigos la desanimaron de asistir diciéndole que para alguien indocumentado era imposible comprar casa, ella llena de fe y, sabiendo que para Dios no hay nada imposible, decidió asistir a la reunión y recibir la importante información. Representantes de bancos y de compañías de seguros compartieron información sobre los diferentes créditos disponibles, también explicaron los seguros necesarios cuando se compra una casa y la importancia de tener una buena historia crediticia para que les aprobaran un crédito. Al final de la reunión hubo un tiempo para hacer preguntas, Valeria y Santiago a pesar de tener muchas preguntas se sintieron avergonzados de preguntar frente a todos los asistentes si los bancos le prestarían a una pareja de indocumentados. A pesar de que no lograron saber con certeza si tendrían la oportunidad de recibir un préstamo, Santiago y Valeria recibieron información muy valiosa y al salir de la reunión decidieron comenzar a investigar profundamente cómo podrían llegar a tener un buen historial crediticio. Con los ingresos adicionales que Valeria estaba recibiendo por limpiar las casas, creían que podían reunir el dinero necesario para pagar el desembolso inicial para la compra de una casa.

Por esos días la iglesia a la que asistían estaba ofreciendo unas clases de finanzas, y sin pensarlo dos veces Santiago y Valeria se inscribieron, a pesar de que fue un compromiso de cuatro meses, fue una de las mejores decisiones que tomaron.

Las clases incluyeron información acerca de cómo hacer un presupuesto, cómo construir un buen crédito en el país del norte, la importancia de no dejarse lavar el cerebro pensando que para tener un historial crediticio era necesario tener tarjetas de crédito, cómo comprar un carro en efectivo y jamás a crédito y cómo comprar casa, entre otros temas. Al mismo tiempo que asistían a las clases, lograron contactar a un agente de bienes raíces o realtor que tenía los contactos con algunas empresas de préstamos que estaban dando crédito a personas que no tenían un número de seguridad social, pero que tenían el número Itin. Después de analizar sus ingresos y de tener la certeza de que solo querían tener un hijo y, contra todos los pronósticos de las personas a su alrededor, Santiago y Valeria decidieron poner su fe en Dios y comprar su primera casa en este país. Era una casa modesta, con sólo tres cuartos, un baño y de 1100 pies cuadrados, pero para Santiago y Valeria era la casa de sus sueños, no podían creer que con tan pocos años de haber llegado a este país, Dios les permitiera vivir en su casa propia, definitivamente la escritura de Efesios 3:20 "Y ahora, gloria sea a Dios, que puede hacer muchísimo más de lo que nosotros pedimos o pensamos, gracias a su poder que actúa en nosotros" era una preciosa realidad en sus vidas. Una vez más Dios los sorprendía con sus bendiciones maravillosas.

El año 2002 había traído la más grande bendición a sus vidas y ahora que pensaban que su familia estaba completa, su enfoque estaba en lograr tener permisos de trabajo en este país y cambiar su estatus migratorio para poder dejar el mundo de los indocumentados.

Había llegado el 31 de diciembre y Santiago y Valeria estaban llenos de gratitud hacia Dios por tantas bendiciones, sin saber que sus planes no eran los mismos de Dios y en un abrir y cerrar de ojos las cosas podían cambiar. Ese día, como todos los días Santiago se fue a su trabajo con el deseo de que las horas pasaran rápido para volver a casa y pasar tiempo con su hija y con su esposa, aunque ese día era un poco diferente, era fin de año y esa noche se reuniría toda la familia en el apartamento de Lucas para recibir el nuevo año todos juntos. Al llegar las 5 de la tarde se despidió de todos sus compañeros deseándoles un feliz año nuevo, al llegar a la oficina de su jefe él le pidió que entrara un momento y cerrará la puerta, de inmediato Santiago se dio cuenta que no eran buenas las noticias que iba a recibir, el jefe no acostumbraba a llamar a nadie a su oficina y mucho menos hablar con nadie a puerta cerrada, mientras tomaba asiento su corazón se aceleraba. Sus palabras fueron cortas y al grano: el laboratorio había comprado una máquina que haría el trabajo que Santiago hacía, el jefe le pidió que recogiera sus cosas y que no regresará el jueves 2 de enero.

Los 15 minutos que Santiago manejaba a diario a su trabajo, ese 31 de diciembre habían sido los 15 minutos más largos de su vida, quería llegar a su casa y contarle a Valeria todo lo que había sucedido, quería encontrar la razón por la que esto estaba sucediendo, casualmente una semana antes había decidido renunciar al restaurante y tener más tiempo para compartir con su familia. Valeria, por otro lado, a pesar de estar limpiando dos casas a la semana, estaba en receso porque las dos familias estaban viajando durante la navidad y el año nuevo. Muchos pensamientos pasaban por la mente de Santiago, después de haber comprado la casa estaban ahorrando para tener un fondo de emergencias tal y como les habían enseñado en las clases de finanzas que habían tomado, pero el fondo todavía era muy pequeño, ¿con qué iban a cubrir la cuota de la casa? Para completar, estaban a 4 días de celebrar el primer año de vida de María José y habían planeado una fiesta con toda la familia y los amigos, le partía el corazón a Santiago la idea de tener que cancelarla. Adicionalmente, y tal vez la preocupación más grande que tenía Santiago era saber qué iría a suceder con el caso ante inmigración, ya que no tenía un patrocinador y el caso no había avanzado mucho, lo más seguro sería que el caso fuera rechazado. Santiago conocía las escrituras y sabía que la voluntad de Dios siempre es buena, agradable y perfecta, y que a pesar de no comprender lo que estaba sucediendo, Dios estaba en control.

Desde hacía unas semanas Dios le venía mostrando a Valeria que algo iba a suceder, ella no entendía muy bien a qué se refería Dios en las escrituras, pero cuando Santiago le contó lo qué había sucedido, tuvo la certeza de que eso era lo que Dios le estaba tratando de mostrar. Sabía que ese no era el mejor momento para perder el trabajo, era fin de año, había pronóstico de nieve para los días venideros y muchas empresas cerrarían sus oficinas el resto de la semana, entonces le dijo a Santiago que no había nada que pudieran hacer hasta el lunes 6 de enero y lo mejor que podían hacer era disfrutar de la fiesta de fin de año y dejar las cosas en las manos de Dios. Lucas se preocupó al enterarse de la noticia, al igual que Laura, pero trataron de dejar a un lado la preocupación y disfrutar del momento.

Santiago y Valeria extrañamente tenían paz en su corazón y por esa razón decidieron continuar con los planes de la celebración del primer cumpleaños de María José, la fiesta fue todo un éxito, sus familiares y amigos los acompañaron ese sábado. Al día siguiente después de asistir a la reunión de la iglesia, Santiago le pidió a Valeria que oraran por un nuevo trabajo para él, Valeria sugirió que buscaran algunos laboratorios locales en el directorio telefónico para que Santiago fuera y aplicara allá. No eran muchos los laboratorios en Oklahoma City, sin embargo, escogieron 5 e hicieron una lista con las direcciones y teléfonos, pusieron sus manos en la lista y le hicieron una oración específica a Dios: pidieron que, al otro día, el primer día que Santiago saldría a aplicar, consiguiera su nuevo trabajo y que el sueldo fuera mejor.

Confiados en que Dios había escuchado su oración se acostaron con la fe de que todo iba a estar bien.

A la mañana siguiente Santiago se levantó a la misma hora que salía a trabajar, se vistió como se vestía en su país de origen para ir a trabajar, es decir, con un traje elegante, agarró la lista de laboratorios, oró una vez más en compañía de Valeria y salió a buscar trabajo. Valeria lo llenó de ánimo y de palabras de fe, pero tan pronto Santiago salió de la casa la empezaron a invadir pensamientos de duda, esos pensamientos que comienzan con: ¿qué pasaría si…? Rápidamente se negó a continuar con esos pensamientos y optó por leer la Biblia y repetir versículos que le daban fe, recordó todas las cosas maravillosas que Dios había hecho por ellos en los casi 7 años de matrimonio, también recordó todos los versículos que Dios había usado para hablarles y cómo Él había sido fiel a su palabra, no se podía dar permiso de dudar de todo lo que Dios había hecho, debía creer que Dios tenía planes para su bien y no para su mal y que eran planes que les traerían esperanza. Mientras Valeria luchaba con sus pensamientos, Santiago tenía sus propias luchas, ya era el mediodía y había visitado 4 de los cinco laboratorios que tenía en su lista, en todos le habían dicho que no estaban contratando personal, también recordó Jeremías 29:11 y se dirigió al quinto y último laboratorio que habían escogido con Valeria.

Para el agrado de Santiago, la recepcionista del edificio lo recibió muy amablemente y lo llevó al fondo del corredor donde era el laboratorio dental, a Santiago le gustaba lo que veía: un laboratorio moderno, bonito, limpio y organizado, dio un suspiro y pensó que sería maravilloso trabajar allí. Se arrepintió de haber pensado en no entrar, momentos antes cuando parqueó su carro y se dio cuenta de que era la hora del almuerzo, pensó que seguramente nadie estaría disponible para recibir su aplicación; le dio gracias a Dios que le dio las fuerzas para entrar.

La señorita del laboratorio lo saludó muy efusivamente creyendo que era un odontólogo que quería solicitar los servicios del laboratorio, sin embargo, rápidamente la recepcionista del edificio le aclaró que Santiago venía buscando trabajo. Minutos después apareció un hombre muy alto, fornido y bastante moreno, su nombre era Leke, un joven soltero y de familia proveniente de Camerún. A Santiago le impactó la amabilidad con que lo trató Leke y no se imaginó que él iba a ser alguien muy importante en su vida, un gran amigo que lamentablemente no vivió lo suficiente para acompañarlo en el camino de la vida.

Leke le preguntó qué sabía hacer y qué experiencia tenía como técnico dental, después se dirigió a otro salón en donde se encontraba el dueño del laboratorio, después de pocos minutos regresó y le informó a Santiago que debía regresar 3 días después para una prueba de trabajo. Al llegar a casa a Valeria se le llenaron los ojos de lágrimas al escuchar la historia de Santiago, le dolía haber dudado en su corazón de las bendiciones de Dios, en oración ella y Santiago le agradecieron a Dios por tan maravillosa oportunidad. Santiago realizó la prueba que le pidieron en el laboratorio y ese mismo jueves, al salir del laboratorio, tenía un trabajo nuevo! Valeria no podía creer que Santiago ahora solo iba a trabajar 4 días a la semana, diez horas al día y con un pago de dos dólares más por hora… ¿Qué más le podían pedir a Dios?

Días después, Santiago recibió una llamada de la secretaria del abogado que les estaba llevando el caso ante inmigración para avisarle que el abogado tenía cáncer y que se había radicado en Houston para iniciar un tratamiento, también le informó que el abogado ya no podría continuar llevando el caso y que por correo recibirían una carta en donde estaba toda la información referente al caso, pidió disculpas por todo lo ocurrido y colgó. Valeria y Santiago entregaron la situación a Dios, realmente no había nada que ellos pudieran hacer porque, por un lado, Santiago ya no estaba en el trabajo en el que hicieron la petición a inmigración y por otro lado ahora el abogado por cuestiones de salud no podía continuar con el caso. Sin entender por qué las cosas se habían complicado, decidieron creer que Dios dispone todas las cosas para el bien de quienes lo aman conforme a lo que dice Romanos 8:28.

No juzgarás.

2004

Si tienes que pasar por el agua, yo estaré contigo, si tienes
que cruzar ríos, no te ahogaras; si tienes que pasar por el
fuego, no te quemarás, las llamas no arderán en ti. Pues yo
soy tu Señor, tu Salvador… Isaías 43:2

Lucas estaba feliz con sus dos nietos Miguel y María
José, sin embargo, cada que tenía la oportunidad le
recordaba a Martin y Santiago la importancia de darle
un hermanito a los niños, les recordaba lo felices que ellos
habían sido en su infancia compartiendo todo lo que tenían y
contando siempre con un hermano. Santiago y Valeria se
hacían los locos porque ellos desde su corto noviazgo habían
decidido tener solo una hija y ahora que ya la tenían, sentían
que su familia estaba completa, pero, por otro lado, Cristina y
Martín sí querían otro bebé. El día que Miguelito cumplió cuatro
años, aprovecharon para anunciarle a la familia que ¡estaban
esperando un bebé y que lo recibirían para el mes de
noviembre! Laura también se encontraba feliz con su nieta y

ahora solo esperaba que Daniel y Aleja se decidieran darle otro nieto para tener la parejita. Aleja había estado muy misteriosa últimamente y con la noticia del embarazo de Cristina, Laura esperaba que a ella también le dieran buenas noticias muy pronto.

Daniel y Alejandra ya se encontraban completamente instalados en uno de los suburbios de Oklahoma City, habían decidido no vivir en la ciudad para que sus futuros hijos asistieran a un mejor distrito escolar. Daniel ya había recibido un ascenso en la compañía de contaduría para la que trabajaba y con mucho esfuerzo había logrado terminar sus estudios de contabilidad, sin embargo, se encontraba estudiando fuertemente para tomar la primera parte del test CPA para contadores y esa era la razón por la que no le entusiasmaba mucho la idea de tener un bebe pronto, no obstante, Dios tenía planes diferentes y Alejandra ya se encontraba en su tercer mes de embarazo y el bebé nacería para el mes de octubre.

Para el mes de mayo la barriguita de Cristina y la de Alejandra ya se empezaban a notar, tanto la familia de Santiago como la familia de Valeria estaban felices y ya se encontraban haciendo planes para los baby showers de los dos nuevos miembros de la familia. Nadie sospechaba que la familia no se iba a incrementar únicamente con esos dos miembros, sino que llegarían 4 personas más a hacer parte importante de sus vidas. Una soleada y calmada mañana a finales de mayo Daniel recibió una llamada de su mamá, la cual muy angustiada le contó que Víctor, primo de Daniel, sin consultarle a nadie había decidido emigrar para los Estados Unidos y cruzar la frontera por México. Le informó que, en ese momento, tanto Víctor como su esposa y sus dos hijos se encontraban en la frontera, que les estaban exigiendo más dinero para pasarlos al país del norte. Con voz entrecortada la mamá de Daniel le pidió que por favor mandara ese dinero, ella tenía el número de la cuenta a donde debía transferir el dinero y también un número telefónico para avisar que ya había hecho la transferencia.

Daniel estaba sin habla, confundido, no sabía cómo explicarle a Aleja la situación, no entendía cómo su primo estaba poniendo en tan grave peligro a su familia. Recordó que la última vez que había hablado con Víctor estaba sin trabajo, pero no había vuelto a saber nada de él desde que vivía en el país del norte. No quería angustiar a Aleja y que el bebé se afectara, así que decidió orar y pedirle a Dios que le mostrara qué debía hacer, tenía sentimientos encontrados y sabía que no tomaría una buena decisión sin la guianza del Espíritu Santo. Le angustiaba que su primo y su familia estuvieran sufriendo, pero igualmente le enojaba que las personas hicieran las cosas ilegalmente, que no respetaran las leyes; era un tema complicado porque Daniel sabía que toda la familia de Alejandra y los familiares de Santiago eran indocumentados, no lograba entender por qué sí se decían cristianos, hubieran actuado en contra de las leyes de este país, no estaba seguro de que realmente hubiera sido la voluntad de Dios que se hubieran venido engañando a las autoridades migratorias diciendo que venían de vacaciones, cuando en realidad se iban a quedar. Peor aún, que hubieran sacado documentos falsos para quedarse y ahora su primo se encontraba en la misma situación… o tal vez peor, porque ni siquiera tenía visa para entrar y para su dolor, Daniel sabía que en sus manos estaba la decisión de ayudarlos a entrar o abandonarlos.

A la mañana siguiente, Daniel recordó que mientras dormía un capítulo de la Biblia vino a su mente toda la noche, Romanos 2, no recordaba qué decía, así es de que se puso en pie y rápidamente abrió la Biblia y leyó en voz alta: Por eso no tienes disculpa, tú que juzgas a otros, no importa quién seas. Al juzgar a otros te condenas a ti mismo, pues haces precisamente lo mismo que hacen ellos. Pero sabemos que Dios juzga conforme a la verdad cuando condena a los que así se portan.

En cuanto a ti, que juzgas a otros y haces lo mismo que ellos, no creas que vas a escapar de la condenación de Dios. Romanos 2:1-3. Un escalofrío recorrió su cuerpo y de inmediato despertó a Alejandra y le comunicó la decisión que había tomado de ayudar a su primo.

Le pagué seis mil dólares, dijo Víctor refiriéndose al coyote, trabajé en diversos oficios y vendimos todas nuestras cosas para poder venir a este país, el camino fue largo, fueron unos días horribles, mientras contaba la historia de cómo habían logrado pasar la frontera Claudia, la esposa de Víctor estalló en llanto. Todo el recorrido duró más de un mes, salieron de su país de origen en Sudamérica rumbo a la capital mexicana, allí se encontraron con el contacto que los llevó por tierra hasta la frontera, a Ciudad Juárez. El viaje que en condiciones normales duraría alrededor de 22 horas por tierra, duró casi una semana. La primera parada fue en León en el estado de Guanajuato, pasaron por zona piel, un lugar popular de la ciudad en donde venden toda clase de productos hechos de cuero o piel, allí en ese lugar recogieron a unas cinco personas más que se unieron al recorrido hasta la frontera. Era un bus de tamaño mediano, cabían alrededor de 20 personas sentadas, Víctor y Claudia nunca imaginaron que los coyotes meterían ¡más de 50 personas!

La siguiente parada fue en San Luis Potosí, en donde 10 personas más debían llegar procedentes de Guatemala, sin embargo, por problemas en la frontera se habían retrasado y tuvieron que esperarlas dos días. A los quince que ya estaban en el bus los llevaron a una casa pequeñita en el centro de la ciudad, les tiraron colchones en el piso y les dieron frijoles con tortillas, les advirtieron que no podían salir ni asomarse por las ventanas y mucho menos comunicarse con sus familiares.

Claudia y Víctor se habían conocido cuando ambos trabajaban para una compañía de seguros, ninguno de los dos estaba casado, pero vivían con sus respectivas parejas.

Claudia tenía dos hijos: Ricardo y Gustavo, ambos menores de 10 años, por otro lado, Víctor vivía con su pareja y tenían una hija y un hijo: Juanes y Manuela. Ambos tenían problemas en sus relaciones, pero trataban de mantener sus relaciones por el bien de sus hijos. Se habían visto en la oficina, pero no se conocían, hasta que un día Claudia llegó con un ojo morado a trabajar y Víctor la llevó a la enfermería para que la ayudaran, desde ese día se hizo normal que a la hora del almuerzo se reunieran a conversar de sus problemas. Meses después ambos dejaron a sus parejas y se fueron a vivir juntos, ambos se llevaron a sus hijos a vivir con ellos, pero al poco tiempo tanto Gustavo como Manuela decidieron volver con su padre y madre respectivamente y solo veían a Claudia y Víctor los fines de semana. Al cabo de unos meses hubo recorte de personal en la compañía de seguros y ambos fueron despedidos. Después de meses de buscar trabajo y no encontrar nada estable decidieron presentarse a la embajada de Los Estados Unidos para emigrar al norte, pero lamentablemente su petición fue rechazada debido a su falta de empleo. Por esa razón, comenzaron a planear cómo pasar la frontera de manera ilegal. Un amigo de Víctor les consiguió el contacto en México y después de vender todo viajaron a buscar el sueño americano. Víctor no tuvo ningún problema con la mamá de sus hijos, de común acuerdo Manuela decidió quedarse con su mamá y Juanes decidió viajar con su papá y la mamá firmó el permiso. Por otro lado, Claudia ni siquiera se atrevió a hablar con el padre de sus hijos, un día en el que Gustavo los estaba visitando, Claudia le planteó la idea a su hijo de vivir en otro país y Gustavo enfáticamente le dijo que él jamás dejaría a su padre y tampoco a su abuela, además le advirtió que su papá no le daría permiso de irse para otro país. Por esa razón, Víctor decidió adoptar legalmente a Ricardo y cambiarle el apellido para poder llevárselo con ellos. A Claudia le angustiaba que el padre de Ricardo se enterara de lo que habían hecho, se sentía muy culpable de haber sacado a su hijo de esa manera del país y de haberlo alejado indefinidamente de su padre, pero no había tenido otra opción y ya le tocaba enfrentar la situación viniera lo que viniera.

Casi tres días después retomaron su camino y el bus se dirigió a Torreón, Coahuila, última parada antes de dirigirse a su destino final. Allí metieron 25 personas más al bus para un total de 50 personas, el calor era desesperante y Claudia, Víctor y sus hijos estaban cansados de comer frijoles con tortillas y del viaje tan largo. Claudia se consolaba pensando que por lo menos no cruzarían la frontera a pie por el Río Grande, o Río Bravo como lo conocían en el lado mexicano por sus fuertes corrientes que se convertían en un obstáculo peligroso y a veces mortal para los miles de inmigrantes que, huyendo de sus países, se atreven a cruzarlo a diario. Había escuchado historias horribles: que el camino de llegada al río es angosto, oscuro y hay culebras o víboras, que si no se lleva puesta una pulsera o brazalete que el coyote le pone a las personas que han pagado como una marca para pasar al otro lado, los coyotes los devuelven y no les permiten pasar a la otra orilla... Claudia siguió recordando una de las tantas historias que se decían sobre el cruce del Río Bravo, rememoró también la historia de una mujer que vio en la televisión la cual mencionaba las tarántulas que vio a la orilla del río antes de subirse a la embarcación que los lleva al otro lado, de acuerdo a la mujer el paso al otro lado dura alrededor de 5 minutos pero parecen horas por las corrientes del río, la oscuridad, el ruido de los animales y la incomodidad de estar en una embarcación inflable, con más personas de las que deberían llevar y sin ningún tipo de salvavidas; Claudia recordó que la mujer dijo que ella no sabía nadar y le daba pánico tener que atravesar el río en esas condiciones.

En medio de sus pensamientos Claudia escuchó a un hombre gritando que ya habían llegado a Ciudad Juárez, una sonrisa se dibujó en su rostro y rápidamente ella y su familia se bajaron del bus sin saber que la peor parte de su travesía todavía no había llegado.

Una vez más les entregaron una colchoneta y los metieron en una casa con otras personas, les dieron un plato de comida y les dijeron que podían tomar una ducha por turnos… el problema era que había más de 100 personas en el lugar. Claudia empezó a hacer la fila y después de conocer a dos mujeres de Guatemala decidieron entrar las tres para tomar la ducha, mientras tanto Víctor, Ricardo y Juanes seguían en la fila y también decidieron entrar los tres al mismo tiempo. Después de tomar ese baño y refrescarse acomodaron sus colchonetas en un rincón y se acostaron a dormir, así pasaron dos días hasta que por fin les anunciaron que el camión en el que viajarían al país del norte estaba a pocas horas de llegar a recogerlos. Claudia tenía sentimientos de alegría, pero también de nerviosismo, ya se encontraban más cerca de su sueño americano y mientras Víctor hablaba con uno de los coyotes que lo había llamado, ella, Gustavo y Juanes se encontraban empacando las pocas pertenencias que tenían. a los pocos minutos regresó Víctor con una cara de tragedia, el coyote les estaba cobrando 500 dólares adicionales por persona para pasarlos al otro lado, le había explicado a Víctor que inicialmente tendría un camión grande que llevaría a casi 100 inmigrantes al mismo tiempo, sin embargo, los planes habían cambiado porque las autoridades de inmigración estadounidenses no estaban dejando entrar camiones grandes en ese momento y entonces tendrían que viajar en uno más pequeño con solo una familia más, pero que costaba más. Claudia se angustió muchísimo especialmente porque el coyote les dio muy poco tiempo para decidir y ellos no tenían sino unos 200 dólares con ellos. El coyote estaba hablando con varias familias y al otro día en la noche saldrían solo dos familias en el primer camión. A Víctor lo único que se le ocurrió fue llamar a la mamá de Daniel, su tía, para contarle la situación y pedirle que llamara a Daniel para que les consignara el dinero y él prometía pagar apenas comenzara a trabajar.

Daniel logró consignar el dinero al otro día antes del mediodía e inmediatamente les informaron que saldrían en el primer camión esa misma noche. A ellos cuatro y a otra familia de 6 personas los hicieron subir a la parte de carga del camión, los hicieron acostar boca abajo a todos y después pusieron unas colchonetas encima de ellos, a los 4 niños que estaban les mostraron a donde debían acostarse y poco a poco empezaron a descargar un cargamento de piedra. Claudia entró en pánico porque no se creía capaz de resistir el camino hasta El Paso, Texas y finalmente hasta Las Cruces, Nuevo México conforme a lo acordado con el coyote. Le angustiaba pensar cómo estarían sus hijos, a pesar de que Juanes no era su hijo biológico lo sentía suyo y no quería que le pasara nada malo. El coyote les dijo que a los niños los ponían en lugares específicos donde ponían las piedras más livianas, pero la angustia aumentaba con los minutos por no poder preguntarles cómo estaban, el coyote les advirtió que no podían hablar y por el desespero, el peso de las piedras y el calor le faltaba el aire, ni siquiera había podido seguir cogida de la mano de Víctor pues el peso de las piedras los hizo soltar y proteger sus manos bajo su torso. Claudia nunca imaginó que las condiciones iban a ser tan deplorables, se arrepentía de no haber cruzado la frontera a pie, pero el miedo a que Ricardo y Juanes murieran en el desierto no la dejo escoger esa opción; ahora, en medio de la opresión del peso le pedía a Dios que le permitiera salir con vida de todo eso para algún día poder pedirle perdón a Gustavo por haberlo abandonado, hacía poco tiempo que no lo veía, pero ya se le hacía una eternidad.

Víctor no era un hombre de fe, creía que había un ser superior pero no se preocupaba por conocerlo, rezarle y mucho menos leer la Biblia, pensaba que esas cosas eran para las mujeres. A pesar de lo que creía y en medio de esa oscuridad y calor hizo un rezo, realmente no sabía cómo hablarle a Dios, pero dijo un Padre Nuestro y con sus propias palabras le dijo que si los sacaba con vida de todo eso se comprometía a buscarlo. Para alivio de las dos familias que iban en el camión, el tiempo de espera en el puente internacional paso norte no fue muy largo y ya se encontraban a una hora de Las Cruces, Nuevo México, allí el conductor los dejaría y cada familia debía encontrar para donde irse. Claudia le había insistido mucho a su esposo que se comunicaran con Daniel para avisarle lo que iban a hacer, pero a Víctor no le gustaba depender de nadie y por eso hizo caso omiso del consejo de Claudia. Ahora se sentía avergonzado de haber tenido que pedirle dinero y también sentía el compromiso de irse a vivir a Oklahoma City para poder pagarle la deuda. Por fin llegaron a Las Cruces e impacientemente esperaron a que removieran la carga de piedras de encima de ellos, tan pronto los liberaron Claudia se lanzó encima de Ricardo y Juanes para ver que estaban bien, los niños lloraron abrazados de ella, pero entre lágrimas y besos ella los consoló diciéndoles que ya todo había pasado. El conductor del camión ayudó a bajar a las mujeres y los niños y esperó a que los hombres bajaran del camión, sin embargo Víctor no bajaba, el hombre subió a ver qué sucedía y se dio cuenta que Víctor se movía lentamente, el pie derecho se le había quedado atrapado durante el viaje entre dos piedras muy pesadas y él no había podido mover su pie en todo el trayecto, el conductor ayudó a Víctor a bajar del camión y cuando les daba la espalda para continuar su viaje se conmovió con la situación de Víctor y le informó que a pocas cuadras había un refugio para inmigrantes. Apenas llegaron les ofrecieron agua para hidratarse y también les permitieron acostarse en unas colchonetas viejas y polvorientas, pero que en ese momento las apreciaron mucho. Claudia acomodó a Víctor y fue a hablar con uno de los voluntarios del refugio y le contó la situación de su esposo, también preguntó si le permitían hacer una llamada. Una de las voluntarias era enfermera y fue y revisó el pie de Víctor y les informó que no estaba fracturado, pero que debido al peso y al tiempo que estuvo inmóvil el pie se le había entumecido y estaba inflamado, lo más seguro era que algún nervio había sido presionado y era necesario que descansara, también le dio un antiinflamatorio y le recomendó descansar. Minutos después, Víctor fue cojeando hasta el escritorio que estaba a la entrada y les pagó para que lo dejaran realizar una llamada, con mucha vergüenza llamó a su primo Daniel para decirle que ya estaban dentro de Los Estados Unidos y para pedirle que los dejara hospedar mientras él conseguía trabajo. Daniel ya había conversado acerca de esto con Aleja y habían decidido recibirlos en su casa, ella ya tenía listo un cuarto para que se pudieran quedar los cuatro. A pesar de la recomendación de la enfermera en el refugio, Víctor decidió que no quería pasar una noche allí y después de que Daniel le indicara que debía comprar los tiquetes de bus en Greyhound, él y su familia dejaron el refugio.

El dolor del pie con el pasar de las horas se hacía más intenso, pero Víctor resistía con la ilusión de que al llegar a OKC toda esa pesadilla que habían vivido quedara atrás. Once horas después divisaron el edificio del primer banco nacional o First National Bank building ubicado en el centro de la ciudad, era un edificio que llamaba la atención por su semejanza con el Empire State building de Nueva York, Claudia y Víctor se abrazaron y sus corazones se llenaron de esperanza por poder comenzar una nueva vida.

Debo confiar en Dios.

2004-2005
…Cuando llegue la prueba, Dios les dará también la manera de salir de ella, para que puedan soportarla. 1 Corintios 10:13b

En un abrir y cerrar de ojos María José ya tenía dos años de edad, era una niña bellísima, su cabello era castaño oscuro y lleno de rizos, sus pestañas largas y crespas, su piel trigueña, con unos ojos almendrados de mirada pícara y con una risa contagiosa. No había lugar en donde no compararan sus rizos a los de Shirley Temple. Santiago y Valeria adoraban a su hijita, les gustaba complacerla, pero sin alcahuetear malos comportamientos. Ninguno de los dos había tenido la oportunidad de visitar Disney World y consideraron que María José estaba en una edad perfecta para disfrutar la magia de los parques en Orlando; aunque no tenían el dinero suficiente para viajar en avión, planearon manejar las 21 horas desde OKC hasta Orlando, escogieron fechas y de inmediato invitaron a toda la familia. Lucas se disculpó porque aún no tenía vacaciones en su nuevo trabajo en un hotel del centro de la ciudad, Martín, Cristina, Daniel y Aleja igualmente se disculparon porque no querían poner en riesgo a los bebés que venían en camino y además el calor del verano en la Florida era demasiado fuerte para dos mujeres embarazadas, finalmente la única que aceptó la invitación fue Laura. Por esos días la mamá de Jackie, la amiga de Valeria estaba de visita en OKC, pero necesitaba llegar a Atlanta en donde se encontraba viviendo Jackie desde hacía unos meses; Santiago y Valeria se ofrecieron a llevarla y de paso disfrutar de su compañía durante el largo viaje. Tomando turnos de manejo, cuidando de no pasarse de la velocidad permitida para no tener problemas por la falta de papeles y después de casi 8 horas lograron llegar a Graceland, mansión en donde Elvis Presley vivió hasta su muerte en Memphis, Tennessee. Allí hicieron un tour por la casa y los jardines, Laura y la mamá de Jackie estaban fascinadas de conocer el lugar donde vivió el ídolo de su juventud.

Después del tour y de haber descansado un par de horas continuaron su viaje hacia Birmingham, Alabama, allí pasaron la noche. A la mañana siguiente su primera y única parada fue en Atlanta, en donde almorzaron con Jackie en un restaurante del centro desde donde se podía divisar gran parte de la ciudad. Santiago y Valeria estaban admirados por la belleza de Atlanta, la ciudad más grande que hasta ahora conocían era Dallas, pero Atlanta les parecía más grande, más imponente, y les asombraba la autopista que rodeaba el centro con sus 16 carriles. Jackie trató de convencerlos de mudarse a vivir allá y a pesar de ser una invitación bastante tentadora, rechazaron la idea de alejarse de sus familias. El camino era largo y por esa razón el almuerzo fue corto, a Valeria le preocupaba que María José se empezara a desesperar, Laura le había comprado una caja de maquillaje para niñas y ella estaba fascinada con el regalo y hasta ahora no se había quejado, sin embargo, todavía faltaban 6 horas y tanto Valeria como Santiago estaban cansados de manejar.

Llegar a Magic Kingdom era un sueño hecho realidad, Valeria a pesar de nunca haber querido vivir en el país del norte, sí había soñado con ir al parque. Al entrar y ver el castillo de la Cenicienta no pudo contener las lágrimas de la emoción y en silencio le dio gracias a Dios por haberle concedido su deseo. Santiago también estaba emocionado, no solo por su hija sino por Valeria y también por él mismo, desde pequeño su primo Adolfo le contaba lo maravillosos que eran los parques de Disney y había soñado con ese momento, aunque nunca pensó que llegaría a hacerse realidad. Fue una semana maravillosa en Orlando, al regreso pararon un par de noches a visitar a los tíos Pacho y Maruja en Tallahassee, Pacho estaba feliz de volver a ver a su querida hermana Laura y también por poder disfrutar, aunque fuera por pocos días a María José y todas sus ocurrencias.

Un par de meses después del viaje, Laura, Santiago y Valeria asistieron al entierro de un hijo de una amiga de Laura, fue algo muy triste porque el muchacho era adolescente y había decidido terminar con su vida, en medio del mensaje del capellán, este les dijo a los padres que agradecieran a Dios por tener más hijos y encontrar consuelo en ellos. Santiago y Valeria se miraron inmediatamente y al salir de la iglesia Santiago le preguntó a Valeria si estaba pensando lo que él estaba pensando, Valeria sin dudarlo le dijo que sí y de común acuerdo decidieron tener un hijo más, dos meses después estaban esperando bebé, pero resolvieron no avisarle a la familia aún debido al nacimiento inminente de los nuevos bebés en las dos familias.

Víctor y Claudia se estaban adaptando muy bien a la vida en este país, sus dos hijos ya asistían a la escuela pública. Víctor logró entrar a una fábrica de gabinetes para cocina y Claudia cuidaba personas de la tercera edad, lo único que estaba siendo muy difícil para ellos era el idioma, ninguno de los dos hablaba inglés y les tocaba depender de sus hijos que con el poco inglés que ya sabían servían de traductores para sus padres. Era una responsabilidad muy grande para Juanes y Ricardo pues en realidad no entendían mucho, pero por la necesidad de estudiar y de tener amigos en la escuela se esforzaban por hablar. Víctor trataba de comunicarse con la gente a su alrededor porque siempre había sido muy extrovertido; un día que había dejado su ropa lavando en el cuarto de lavandería del conjunto en el que vivían, volvió a recogerla y se dio cuenta que no estaba en la secadora que la había dejado, sorprendido de que le hubieran robado su ropa se fue para la oficina de la administración, cuando estaba frente a la secretaria se dio cuenta que no tenía idea de cómo explicar en inglés lo que había sucedido, entonces optó por actuar y tratar de adivinar las palabras en inglés ya que había notado que algunas palabras se parecían al español: para decir que lo habían robado señaló la ropa que llevaba puesta, hizo la seña de rascarse la mejilla con la mano y dijo la palabra "rob". En su mente Víctor creyó que al señalarse la ropa y decir la palabra "rob" la secretaria entendería qué lo habían robado y para asegurarse que realmente ella lo entendía hizo la señal de rascarse la mejilla porque en su ciudad de origen así lo hacían y él creía que eso era una señal universal. Por supuesto la risa y carcajadas de toda la familia no se hicieron esperar, Daniel no podía creer que su primo hubiera hecho todo eso, sin embargo, lo más interesante de la anécdota es que con un poco más de actuación y de Spanglish la secretaría pudo entender lo que Víctor le quería decir.

Claudia por su parte también tenía muchas dificultades con el idioma, un día en el cual ya no aguantaba el dolor en una muela le pidió a una amiga mexicana que la llevara a un dentista, pero como su amiga tampoco hablaba inglés, llevó a su hijo Ricardo para que le sirviera de traductor. Ricardo como pudo le explicó al doctor que a su mamá le dolía un diente, Claudia quería que le hicieran una calza o relleno en el diente, pero como Ricardo no supo traducir esa palabra el doctor sugirió la extracción del diente, Ricardo le dijo a su mamá que el doctor iba a sacarle la muela y como ella tampoco sabía cómo decirle al doctor se resignó a perder su diente. Los rayos x mostraban otra muela con caries aún más afectada que la primera, entonces el doctor le preguntó a Ricardo si su mamá quería que le hicieran una corona o prefería que también le extrajera esa muela, Ricardo no entendió la pregunta y por miedo a que Claudia se enojara con él por no saber traducir le dijo que era necesario que le sacaran otro diente, Claudia también por pena de no poder preguntar aceptó que le extrajeran la segunda muela.

Como cada tarde entre semana, tanto la familia de Santiago como la familia de Valeria se reunían todos un rato a conversar en el apartamento de Lucas, ya eran 14 personas entre las dos familias y tenían esa bonita tradición. Esa tarde todos habían llegado menos Claudia y Ricardo, cuando se abrió la puerta apareció Ricardo con cara de regañado y Claudia con sus cachetes inflamados y llenos de algodón. Víctor rápidamente recibió a su esposa y la llevó a una silla para que se sentara mientras que Ricardo se escabulló para reunirse con Juanes, Miguelito y María José en uno de los cuartos. Claudia estaba tan adolorida y conmocionada que ni tiempo tuvo de llorar por sus dos pérdidas, se sacó los algodones de la boca y comenzó a contarles a todos lo sucedido, Santiago y Martin no pudieron contener la risa porque al hablar Claudia producía un silbido por el aire que entraba por un lado de la boca donde le faltaba la muela y salía por el otro lado, a pesar de que todos trataban de no reírse finalmente todos estallaron en carcajadas y hasta Claudia terminó riendo de toda la situación. Lucas le alcanzó un helado para calmar el dolor, después de escuchar la historia, Víctor no tuvo razones para regañar a Ricardo y esa tarde tanto él como Claudia tomaron la firme decisión de aprender inglés y hablar por sí mismos.

En medio de las risas del momento, espontáneamente Santiago y Valeria les contaron a las dos familias sobre su embarazo, los más sorprendidos eran Lucas y Laura pues ya se habían resignado a que no tendrían más nietos por el lado de Santiago y Valeria. Todos estaban felices y muy agradecidos por la llegada de tres bebés a las familias.

En el mes de octubre, Daniel y Aleja recibieron a su primogénita Laura María, su nombre era una combinación de los nombres de las dos abuelitas, Laura la abuela materna y María la abuela paterna, pero desde el primer día la llamaron Laurita. Valeria estaba feliz de ser tía de sangre por primera vez, se derretía cada vez que Miguelito le decía tía, pero ella sabía que era su tía política no su tía de sangre, con Laurita por fin sabría lo que se sentía tener una sobrina. Un mes después nació Martina y como todas las veces, la familia llegó al hospital; Lucas fue el primero que llegó para acompañar a Martín y Cristina, pero sobre todo para cuidar a Miguelito. Daniel y Alejandra en esta ocasión no pudieron ir por lo que Laurita estaba todavía muy pequeña, todos los demás estaban en la sala de espera disponibles para lo que se necesitara. Lucas notó que Martín estaba más nervioso de lo normal por el nacimiento de su hija, quiso hablar con él antes del parto, pero fue imposible, después de algunas horas de parto Martina nació y era una linda bebita, Martín la revisó por todo lado para ver si estaba bien y no quiso que nadie entrara en la habitación en la que se encontraban Cristina y la bebé. Lucas abrazó a su hijo y lo llevó a un lugar privado para hablar con él, tan pronto Martín sintió el abrazo de su padre empezó a llorar angustiosamente. Lucas no entendía nada de lo que le pasaba a su hijo, pero le dijo cuánto lo amaba a él y a Martina. Después de desahogarse Martín le contó que durante uno de los chequeos que Cristina tuvo durante el embarazo, un doctor ordenó un examen adicional debido al historial médico de la familia de Cristina, el diagnóstico no fue nada positivo y les informaron que el resultado había arrojado un 70% de posibilidades de que Martina naciera con el síndrome de Rett. Lucas nunca había escuchado sobre esa enfermedad; ya más calmado Martín, le pudo explicar que el síndrome de Rett usualmente se manifiesta en las niñas y no es muy evidente durante el nacimiento, es una enfermedad que afecta el desarrollo del sistema nervioso y como consecuencia las niñas presentan problemas motrices y del lenguaje. Después del diagnóstico prenatal los doctores les habían explicado a los padres que era necesario esperar por lo menos 6 meses para ver el tono muscular de Martina y su desarrollo motriz.

En medio del shock Lucas abrazó nuevamente a su hijo e hizo una pequeña oración por él y por su recién nacida nieta. Esas noticias eran muy difíciles de procesar para Lucas, pero tenía que recuperarse pronto por el bien de Martín, lo único que él no podía entender era por qué Martin no le había dicho nada del diagnóstico, supuso que no lo quería preocupar, pero le hubiera encantado orar por la salud de Martina. Lucas reunió a toda la familia y les explicó la situación, hubo un silencio profundo y finalmente Santiago fue el primero que quiso ir a conocer a su sobrina, a sus ojos la niña se veía perfectamente, pero realmente no sabía qué decirle a Martín y a Cristina pues no quería herirlos con sus comentarios, especialmente por el dolor que sentían, optó por cargarla y besarla y decirles lo bella que era. Minutos después entraron todos los demás y de igual manera se sintió tensión en el ambiente porque no sabían qué decir, todos cargaron a Martina y al salir, Valeria les dijo a todos que realmente la niña se veía en perfectas condiciones y que lo mejor era que todos oraran para que todo estuviera bien. Los meses pasaron y sin poder evitarlo la familia comparaba el desarrollo de Laurita con el desarrollo de Martina, las diferencias no eran muy notables pero lo que más le preocupaba a Lucas era que a Martina le costaba mucho agarrar los objetos a su alrededor y él podía ver el dolor de Martín y Cristina cada vez que la familia se reunía y las bebés estaban juntas. Aunque Martín no lo expresaba, se notaba el dolor de saber que su hijita no era del todo normal. Cristina además de notar las diferencias con Laurita también recordaba cómo había sido el desarrollo de Miguelito y no podía negar que veía retrasos en su hija.

A casi dos años de haber comenzado a trabajar en el nuevo laboratorio, Santiago fue llamado a la oficina del dueño, no pudo evitar sentir un vacío en el estómago cuando lo llamaron recordando cuando lo habían despedido de su anterior trabajo. Sin embargo, esta vez lo habían llamado por algo muy diferente, pero a la misma vez muy preocupante, la oficina del seguro social le envió una carta a Clay, el dueño del laboratorio, diciendo que había una inconsistencia con el número social de Santiago y que no lo podían encontrar en sus archivos y muy amablemente solicitaban que enviaran el número correcto. Cuando Clay le mostró la carta a Santiago, él sintió un vacío en el estómago, una vez más tendría que dejar su trabajo y ponerse a buscar uno nuevo, lo que más lo preocupaba era que ahora venía un segundo hijo en camino y pronto Valeria dejaría de trabajar por algunos meses. La cara se le caía de la vergüenza con Clay porque él había sido una excelente persona con él y con su familia, Santiago sentía que lo había engañado durante todo ese tiempo. Sin saber qué decir tomó la carta y le dijo que al otro día le explicaría. Santiago recogió todas sus cosas, las fotos de María José y Valeria, sus audífonos y todos los implementos de trabajo personales que había ido llevando al laboratorio, sabía que este era el último día en ese lugar.

Por el camino a casa se preguntaba hasta cuando iba a continuar esa situación, pensaba que si el caso con el abogado se hubiera continuado tal vez ya tendrían sus documentos y serían legales, Santiago no le reclamaba a Dios por esa situación, solo le pedía que le mostrara una salida. Al llegar a casa Valeria muy tranquilamente le dijo a Santiago que tarde o temprano eso iba a suceder, sin embargo, le pidió que volviera al otro día y le contara toda la verdad a Clay, ambos se arrodillaron y oraron a Dios para que obrara un milagro. No podían olvidar todas las cosas tan maravillosas que Dios había hecho en el pasado, también sabían que no hay nada imposible para Él y que solo necesitaban fe para creer una vez más que su voluntad siempre es buena, agradable y perfecta, y que Él dispone todas las cosas para el bien de los que lo aman. A la mañana siguiente muy apenado Santiago se presentó en la oficina de Clay y le explicó que él no tenía un número de seguridad social y que esa era la razón por la cual había recibido esa carta, muy asombrado él le dijo que no había ningún problema y que le daba el día libre para que fuera a la oficina de seguridad social de la ciudad y solicitara su número. Con más vergüenza aún, Santiago se dio cuenta que él no conocía la situación de las personas indocumentadas en Estados Unidos y se dispuso a explicarle que él y Valeria habían entrado al país con visa de turismo y se habían quedado ilegalmente, además le contó también que hacía un par de años comenzaron un proceso para legalizarse, pero que su abogado se había enfermado y había abandonado el caso. Gracias a Dios él nunca le reprochó nada a Santiago y por el contrario le dijo que iba a hablar con su hermana que era contadora a ver qué se podía hacer. Días después Clay, su hermana, Santiago y Valeria se encontraban sentados frente a uno de los mejores abogados de inmigración del estado de Oklahoma. Después de investigar el caso de Santiago, el hombre les informó que él podía continuar haciéndole seguimiento porque su proceso no estaba cerrado, sino que estaba detenido, pero que con la debida documentación y soporte por parte del laboratorio y de Clay podrían sacarlo adelante. A Valeria se le llenaron los ojos de lágrimas de felicidad y de ver una vez más que entre más confiaban en Dios, más los sorprendía con su misericordia, sin saber que pocos minutos después vería una muestra más de su amor y generosidad.

Clay gustosamente firmó los documentos para continuar el proceso del permiso de trabajo para Santiago, sin embargo, notó la cara de preocupación de Santiago, y no era para menos después de que el abogado les dijo que para retomar el caso debían desembolsar cinco mil dólares lo antes posible. Clay sin dudarlo firmó un cheque por esa cantidad y le dijo a Santiago que era un préstamo que debía pagar en el transcurso de un año y que para que lo pudiera pagar sin ninguna preocupación, a partir del próximo cheque recibiría un aumento de sueldo por la suma exacta que debía pagar cada mes. Santiago y Valeria quedaron estupefactos, no sabían qué decir, inmediatamente Santiago se hizo una promesa para sí mismo prometiéndose que no defraudaría a Clay y haría su trabajo de la manera más excelente que él pudiera. Por su parte Valeria, le agradeció a Dios porque Él siempre tenía planes para el bien de sus hijos y no para su mal, ahora todo tenía sentido y entendía por qué había sido necesario que Santiago saliera del otro laboratorio… los planes de Dios eran mejores, aunque a veces pareciera que se tardara un poco.

Mientras tanto Valeria seguía trabajando en la oficina de dentistas a la cual había entrado hacía poco más de un año, le encantaba su trabajo y habían quedado atrás los primeros días en los cuales contestar el teléfono en la recepción era toda una pesadilla porque los pacientes no le entendían lo que decía, incluso una semana después de haber sido contratada el doctor propietario del consultorio la despidió porque no podía pronunciar bien su apellido, gracias a Dios una de las administradoras practicó con ella toda una mañana para que pudieran entenderla cuando contestaba el teléfono y el doctor desistió de despedirla.

Valeria estaba feliz, las cosas estaban saliendo mejor de lo que ella jamás hubiera podido imaginar, sin embargo, no entendía por qué de un día para otro empezó a tener problemas para dormir, sabía que eso era parte del embarazo, pero cada día era peor y todavía faltaban 3 meses para el nacimiento de su bebé. La falta de sueño la ponía muy emocional y lloraba por todo, tanto Santiago como sus compañeras de trabajo lo estaban notando cada día más, casi no podía pasar tiempo con su hijita María José porque después de llegar del trabajo trataba de dormir y Laura era la que se encargaba de la niña. Cada día las cosas empeoraron más, al punto de que por 36 horas Valeria no pudo dormir y fue necesario que la hospitalizaran. Santiago estaba muy angustiado, no entendía qué estaba pasando, el embarazo de su hija había sido tan fácil, tan tranquilo... y ahora ver a Valeria tan mal en ese hospital lo hacía sentir tan impotente. Los doctores le explicaron a Santiago y a Laura que Valeria estaba teniendo una revolución hormonal más fuerte de lo normal en este embarazo, y eso estaba afectando su estado emocional; era necesario que tuviera reposo y descanso durante el tercer trimestre, la falta de sueño le producía ansiedad y la ansiedad le producía insomnio, era un círculo vicioso del cual debía salir con la ayuda de la familia. La medicina que le inyectaron logró qué Valeria durmiera por 10 horas seguidas, al despertar se sentía renovada, pero se angustió nuevamente al enterarse de que debía tomar medicina para dormir por el resto del embarazo, ella no quería hacerle daño a su bebé. El doctor ya le había explicado a Santiago que la medicina no lo afectaría y junto con Laura, la convencieron de que estuviera tranquila y que ella debía estar bien física y emocionalmente para cuando naciera el bebé.

Ver al bebé saludable en el ultrasonido tranquilizó a Valeria y con la noticia de que era un niño, tanto ella como Santiago estaban emocionados, no podían creer que Dios los estuviera bendiciendo con la parejita. Tan pronto salieron del hospital, Santiago llevó a Valeria a un restaurante a celebrar el bebé que venía en camino y, saliendo del restaurante, Santiago se detuvo en una tienda de juguetes a comprarle los primeros carritos a su hijo.

La búsqueda del nombre para el bebé no fue fácil porque Valeria y Santiago no se ponían de acuerdo, Santiago quería que su hijo se llamara Diego y con la locura hormonal de Valeria ella quería que se llamara José María. Santiago no podía creerlo, ya tenían a María José y se imaginaba las confusiones que vendrían si le ponían al niño José María, sin embargo, Santiago no quería contrariar a Valeria y mucho más después de que el doctor recomendó que debía estar muy tranquila, así que se le ocurrió que fuera María José la que escogiera entre las dos opciones y para tristeza de Santiago la niña escogió el nombre de José María. Al enterarse, la familia pensó que era una broma, no podían creer que hubieran escogido un nombre que al combinarse con el de María José parecía un trabalenguas. ¿Han pensado en todas las confusiones que pueden ocurrir? Preguntó Lucas. ¿Se imaginan el problema en los consultorios médicos? Replicó Laura. No me imagino la cara de los gringos tratando de llamar a los dos niños al mismo tiempo, dijo Alejandra entre risas… pero a pesar de todos los comentarios nada hizo cambiar de opinión a Valeria y semanas después, en un día caluroso del mes de agosto, José María llegó a este mundo para ser la alegría de sus padres y la compañía eterna de su hermanita María José. Gracias a Dios la familia estaba completa y después de ver todos los sufrimientos durante el embarazo y el parto de Valeria, Santiago se hizo la vasectomía.

Dios está en control.

2006-2008
Todo tiene su tiempo, y todo lo que se quiere debajo del cielo tiene su hora. Eclesiastés 3:1

Tal y como le habían dicho los doctores a Valeria, tan pronto José María nació sus hormonas volvieron a nivelarse y pudo volver a dormir normalmente. Santiago estaba feliz y agradecido con Dios por todas sus bendiciones, por un lado, María José había entrado a prekínder en la escuela y disfrutaba todo al máximo y, por otro lado, Valeria había renunciado a su trabajo en el consultorio dental y estaba tratando de sacar adelante un negocio propio creando un directorio local de pequeñas empresas y también estaba dedicada a José María. Lo único que lo tenía muy preocupado era la situación de su hermano Martín; desde el nacimiento de Martina él había cambiado mucho, Lucas y Santiago habían intentado acercarse a él, pero Martin los rechazaba, no quería hablar con nadie, no les contestaba el teléfono y hasta había dejado de ir a la iglesia. Martina ya tenía año y medio, se podían notar los efectos del síndrome de Rett en su pequeño cuerpito, los síntomas más evidentes eran su incapacidad para gatear y caminar normalmente; también su control reducido en sus manitos. Lucas amaba con todo su corazón a Martina y le dolía profundamente que no podía estar tan cerca de ella como él quisiera, los días pasaban y la lejanía de Martín y su familia era cada vez mayor.

Santiago y Valeria habían planeado un viaje a Chicago, José María ya estaba empezando a caminar y sintieron que ya era el tiempo para salir por primera vez los 4 de vacaciones, por otro lado, esta era la oportunidad perfecta para que Lucas fuera con ellos y saliera un poco de la tristeza que lo embargaba por la lejanía de Martín. La primera parada fue en St. Louis, Missouri, allí pasaron la noche y visitaron el arco, The Gateway Arch, al día siguiente llegaron a su destino final en Chicago. Lucas estaba muy emocionado de conocer la ciudad de los vientos, ciudad que había visto tantas veces en películas y que nunca creyó que fuera a conocer en persona. Fue una semana maravillosa, María José y José María disfrutaron de las innumerables fuentes alrededor del centro de la ciudad y también del majestuoso lago Michigan. Por unos días Lucas distrajo su mente y se complació de la compañía de su hijo Santiago y su familia. Durante el regreso a casa Lucas les agradeció a Santiago y a Valeria por haberlo invitado a ese viaje, Valeria aprovechó la oportunidad para decirle que se preparara porque este no sería el último viaje que harían juntos, ya que en una de sus oraciones le había pedido a Dios que le permitiera conocer al menos un país en cada continente del mundo. Santiago y Lucas se miraron y soltaron una carcajada por las ocurrencias de Valeria que ni siquiera tenía documentos para salir del país y ya soñaba con viajar por el mundo entero… sin embargo, ellos no sabían que Dios le concedería los deseos de su corazón.

Valeria era una mujer de mucha fe y por esa razón no tenía miedo de soñar y de poner sus peticiones delante de Dios. Meses antes había decidido enviar las copias de sus calificaciones de la universidad de su país de origen a una compañía especializada en la traducción certificada de calificaciones académicas, su sueño era ser maestra de español en una escuela pública de la ciudad. Valeria creía que ese trabajo llenaría su deseo de realizarse profesionalmente y a la vez podría desempeñar su trabajo como madre y esposa, sabía que para llegar a tener una certificación de maestra el camino era largo y por eso quiso comenzar el proceso mucho tiempo antes de tener permiso de trabajo en Los Estados Unidos, a pesar de que personas cercanas a ella quisieron desanimarla diciéndole que los exámenes para obtener la certificación eran muy difíciles para alguien como ella que no era completamente bilingüe y que no tenía una profesión en este país.

Durante los siete días que Lucas, Santiago y su familia estuvieron en Chicago, una hermana de Claudia y su esposo habían llegado a Oklahoma City procedentes de la Florida, venían en busca de trabajo debido a que no habían podido encontrar un ingreso estable en el estado del sol. Claudia y Víctor estaban felices de recibirlos, pero a la vez preocupados por el estatus migratorio en el que estaban. El cuñado de Claudia había decidido salir de su país debido a los problemas sociales, políticos y económicos por los que estaba pasando su patria y aunque los problemas eran reales, no era cierto que él estaba siendo un perseguido político. Tristemente, este hombre y la hermana de Claudia habían recibido el consejo de salir de su país y pedir asilo político en el país del norte, los malos consejeros los adoctrinaron en todo lo que tenían que decir y hacer cuando entraran al país del norte y ayudados por personas deshonestas crearon una historia ficticia alegando que estaban sufriendo persecución por grupos armados debido a sus ideas políticas. Ellos llevaban un año y medio en el país, ya habían sometido su solicitud de asilo y acababan de recibir su permiso de trabajo. La preocupación de Víctor y Claudia se debía a que ellos sabían de muchos casos en donde se les negaba el asilo a las personas y tristemente eran deportadas porque sus historias eran falsas y lamentablemente se daban cuenta muy tarde de que habían sido víctimas de estafadores que les habían pintado pajaritos en el aire y sometían sus casos sin que realmente pudieran calificar para quedarse en el país.

Un día después de regresar de Chicago, Valeria salió a recoger el correo como tenía por costumbre e inmediatamente notó que habían llegado dos sobres del departamento de inmigración, sintió un frío en su estómago, no sabía si era de susto o de emoción. Como una película que pasaba rápidamente por su mente recordó los 8 años que habían pasado desde que llegaron a este país, tantos sufrimientos, pero a la vez tantas alegrías, sus manos temblaban y no podía abrir los sobres…¿Sería este el fin de la ilegalidad para ella y para Santiago? ¿Habría Dios escuchado sus súplicas para que a ella también le dieran permiso para trabajar?

Al abrir el sobre Valeria cayó de rodillas al ver que no solo le habían dado permiso para trabajar a Santiago, sino ¡también a ella! Valeria estalló en llanto y alabó a Dios por su amor y su fidelidad, ningún hombre hubiera podido ayudarla, solo el Dios del cielo que todo lo puede y para el cual no hay nada imposible. De inmediato vino a su mente Juan 11:40: ¿No te he dicho que si crees, verás la gloria de Dios? No había sido tan rápido como Valeria hubiera querido, fue en el tiempo de Dios que es siempre perfecto.

¿Cómo no amar a su Padre Celestial? ¿Cómo no servirlo por el resto de su vida? ¿Cómo no darle la gloria que se merece? Desde ese día Valeria guardó en su corazón el deseo de escribir un libro para contar todas las bendiciones que Dios es capaz de hacer en las vidas de los que creen en ÉL, un libro que contara su testimonio de cómo logró llegar a ser ciudadana americana después de ser indocumentada… o como dicen otros: ilegal.

Santiago siempre había disfrutado las ideas y ocurrencias que su amada esposa tenía, él siempre era la primera persona a la que Valeria le contaba sus ideas, sus sueños, sus deseos y él siempre decía que ella era la cajita de ideas y él era el administrador de esas ideas; a Santiago le pareció una excelente idea que algún día Valeria escribiera un libro, una crónica de todos los sucesos por los cuales pasaron para llegar a tener papeles en este país, sin embargo le pareció que era un poco temprano para pensar en eso… hasta ahora solo tenían permisos para trabajar y el camino todavía era largo para llegar a ser ciudadanos.

No había pasado ni una semana desde que habían vuelto de Chicago y estaban sucediendo muchas cosas: la llegada de los familiares de Claudia y Víctor, el arribo de los permisos de trabajo y por ende todas las diligencias que habían tenido que hacer para por fin sacar sus "verdaderos" números de seguridad social, sus licencias de conducir, los cambios en los servicios públicos, bancos y tarjetas de crédito con los nuevos números de seguridad social. Santiago y Valeria no podían creer que por fin eran "libres" en la jaula de oro que era este país, ya no tendrían que esconderse de la policía, no se avergonzarían cuando les preguntaran si tenían un número de seguridad social verdadero y finalmente podrían trabajar donde quisieran. Cuando creyeron que esa semana tan agitada llegaba a su fin, una vez más, recibieron una llamada del abogado de inmigración en donde les solicitaban urgentemente una copia de su pasaporte porque era imperativo aplicar para la residencia permanente de inmediato. Sin pensarlo dos veces, Valeria organizó un viaje a Houston y sacó cita en la embajada de su país para solicitar pasaportes nuevos, ya que sus actuales pasaportes se habían vencido hacía un año.

Después del viaje a la Florida por tierra, Santiago y Valeria se habían vuelto perezosos para manejar por largos periodos, razón por la cual invitaron a Daniel y Aleja para que los acompañaran en el viaje y los ayudarán a manejar. Lucas inmediatamente se ofreció a cuidar a Laurita. María José y José María quedaron a cargo de Laura. Era un viaje relámpago, pero las dos parejas aprovecharon para tener una cita doble y después de solicitar los pasaportes en Houston se dirigieron a la isla de Galveston a pasar una noche romántica, la cual no habían podido tener desde el nacimiento de sus hijos.

Días después, Santiago y Valeria recibieron sus nuevos pasaportes y en el mes de septiembre del año 2007 su abogado solicitó la residencia permanente para los dos. Valeria estaba muy emocionada y aunque sabía que era un nuevo proceso de inmigración que también tomaría un largo tiempo, su sueño de volver a pisar su tierra natal crecía cada vez más. Era hora de empezar a ahorrar para poder viajar fuera del país cuando el tiempo llegara.

Tres meses después de haber renunciado al consultorio de los dentistas el teléfono sonó y era la administradora del mismo para pedirle a Valeria que regresara a trabajar, ella aceptó regresar de nuevo porque su idea del directorio para negocios pequeños no había funcionado, en realidad había sido un fracaso total; para entonces ya llevaba más de un año de haber regresado y se moría de la vergüenza de llamar a la esposa del dueño para informarle que debía cambiar su número de seguridad social porque ella había aplicado al trabajo de recepcionista con un número de social falso. Para Valeria había sido una de las llamadas telefónicas más difíciles y vergonzosas que había hecho, especialmente cuando la señora le dijo que en este país las promsonas solo tienen un número de seguridad social en su vida y que ella no entendía porque lo quería cambiar. Con esa llamada terminaba su labor de informar a todas las empresas y personas a las cuales les incumbía saber del nuevo número de seguridad social de ellos y le daba gracias a Dios que nunca más tendría que pasar por algo así.

El año nuevo llegó y con él resurgieron algunos sueños que Valeria había guardado en su corazón. Lo primero que hizo fue ir al departamento de educación para ver cómo podía obtener un certificado de maestra de español, algunas personas conocidas le habían explicado parte del proceso, pero ahora había llegado el tiempo de saber exactamente cómo podía llegar a ser una maestra, sin haber estudiado para serlo. Para su alegría, le informaron que existía un camino alternativo para los profesionales que no estudiaron pedagogía; Valeria debía cumplir con ciertos requisitos y presentar los exámenes del estado para obtener una certificación provisional, de ahí en adelante tomaría algunas clases adicionales para poder recibir su certificación permanente. La buena noticia era que el proceso no era tan difícil como ella pensaba, la mala noticia era que sus estudios en su país de origen no eran suficientes y era necesario que sacara un título universitario en Los Estados Unidos. Para su beneficio, aceptaron todos los créditos de su país, pero debía tomar un año más de estudios para obtener un título en una universidad local.

Santiago de inmediato le brindó todo su apoyo, días antes habían tenido una conversación acerca del futuro profesional de ambos. Por una parte, estaba la posibilidad de que Santiago estudiara para ser dentista, desde que él se había graduado de la escuela secundaria había soñado con eso, pero tristemente no había pasado los exámenes para entrar a la universidad… aunque si hubiera pasado no habría podido estudiar por falta de dinero para pagar la matrícula. Por otro lado, estaba Valeria y su sueño de ser maestra. Santiago sabía que lo más práctico y conveniente para la familia era que ella fuera la que asistiera a la universidad, las clases de universidad que él tomó en su país no serían suficientes para todos los créditos que se necesitaban para llegar a ser dentista, además de los altos costos y los ocho años de estudios que esa carrera universitaria exige. Sin pensarlo dos veces le ofreció toda la ayuda y soporte a su esposa y le dio carta abierta para que ingresara a la universidad que se ajustara a las necesidades de la familia.

Después de investigar en varias universidades de la ciudad, Valeria se decidió por una universidad cristiana, aunque era bastante costosa, no le pidieron que tomara el examen Toefl, sino que solamente le hicieron una entrevista en inglés y le solicitaron que escribiera un ensayo de varias páginas para ver su nivel de inglés. Adicionalmente, le acreditaron todas las clases de su país de origen y finalmente era la universidad que quedaba más cerca de su casa. Con el favor de Dios, Valeria volvió a estudiar en una universidad a los 36 años de edad, casada, con dos hijos pequeños y su trabajo de tiempo completo en el consultorio dental. Además de esto, ella estaba realizando un trabajo de medio tiempo junto con su esposo desde que María José tenía un año de edad, dictaban clases a parejas de casados para ayudar a disminuir la alta tasa de divorcios en el estado de Oklahoma.

A Valeria le encantaba estudiar, siempre había sido una excelente estudiante, sin embargo, esta vez era diferente, hacía muchos años no estudiaba y su barrera más grande era el idioma. Ya habían pasado 8 años desde que ella y Santiago llegaron a este país, durante todo este tiempo no se permitieron ver televisión en español obligándose a entender el inglés, por la misma razón asistían a una iglesia americana, leían el periódico local en inglés todos los domingos y trabajaban con americanos, pero aún con todos esos esfuerzos, Valeria estaba muy nerviosa de entrar a la universidad, sentía que su nivel de inglés solo era suficiente para las actividades que ella hacía en el día a día, pero que no era competente para ir a la universidad. Como lo imaginó, su nivel de inglés era bajo y Valeria se sentía frustrada en algunas clases, especialmente en la de matemáticas. En su país nunca se le había dificultado esa clase, aun así, no entendía nada de lo que el profesor estaba enseñando desde la primera noche, su angustia por entender la bloqueó y no comprendía las palabras ni los procesos. Durante el regreso a casa después de clase lloró todo el camino, en medio de su confusión detuvo su carro en un semáforo y mientras se limpiaba sus lágrimas repetía las palabras del maestro: square root, square root, square root... un momento... square significa cuadrado o cuadrada y root significa raíz… ¡el maestro estaba hablando de la raíz cuadrada de un número! Valeria acababa de darse cuenta que lo que necesitaba era tener un papel con todos los términos matemáticos en inglés y en español para poder entender al maestro, rápidamente se limpió sus lágrimas y le agradeció a Dios por mostrarle la salida a su problema.

Mientras asistía a la universidad, Valeria decidió que también era tiempo de iniciar su carrera como maestra, sin la certificación no podía trabajar en una escuela pública como era su deseo, entonces intentaría comenzar a trabajar en una escuela privada. Envió su hoja de vida a 10 escuelas privadas de la ciudad, de las cuales la llamaron de tres de ellas para hacerle una entrevista; finalmente fue escogida para una última entrevista en una escuela privada cristiana al sur oriente de la ciudad. El director estaba bastante urgido porque estaban a dos semanas de comenzar el año escolar y todavía no tenían a una maestra para la clase de español, así que no le importó mucho que Valeria no tuviera experiencia enseñando, sin embargo, le hizo una propuesta bastante extraña. Le pidió que además de enseñar español, enseñara una clase de inglés a los estudiantes de décimo grado. Valeria estuvo a punto de soltar una carcajada, pero rápidamente se dio cuenta que el director no estaba bromeando, ella no podía creer que con el fuerte acento que ella tenía para hablar inglés, este hombre le estuviera pidiendo que enseñara una clase de inglés en la escuela secundaria; guardando la compostura para no reírse, Valeria le explicó al director sus razones para no enseñar esa clase.

Dos semanas después Valeria dejaba su trabajo como recepcionista del consultorio dental e iniciaba su carrera de maestra, estaba muy nerviosa, pero a la vez muy feliz porque le permitieron que sus dos hijos asistieran a la misma escuela. Debido a sus clases nocturnas de la universidad, ya no pasaba mucho tiempo con sus hijos, entonces saber que ahora los tres irían juntos todos los días a su trabajo le alegraba el corazón y le daba más razones para agradecer a Dios por todas sus bendiciones. De esa manera José María asistió por primera vez a la escuela el mismo día en que cumplió tres años de edad y María José inició su primer año de la escuela primaria en el mismo lugar en el que su mamá trabajaba.

No hay nada imposible para Dios.

2009-2011

Has cambiado en danzas mis lamentos; me has quitado el luto y me has vestido de fiesta. Salmo 30:11

Era una cálida mañana de primavera y como de costumbre la hermana de Claudia se alistaba para ir a su trabajo. Claudia estaba un poco atrasada para llevar a sus hijos a la escuela entonces le pidió el favor a su hermana que le ayudara a preparar el desayuno para todos, gustosamente ella lo hizo y al terminar de desayunar se despidió y salió hacia su trabajo. Cinco minutos después, Claudia escuchó la puerta del frente de la casa abriéndose nuevamente y creyó que su hermana había olvidado algo. Al salir para ver qué se le había olvidado quedó sorprendida al ver que su hermana estaba acompañada de dos oficiales de inmigración que se pararon a lado y lado de la puerta y le mostraron una orden judicial a Claudia con el nombre de su hermana y de su cuñado. Claudia inmediatamente llevó a

Ricardo y a Juanes a su cuarto, llamó a Víctor y también a su cuñado, les pidió que volvieran a la casa inmediatamente. El miedo invadió a la hermana de Claudia, ella no sabía qué hacer ni qué decir, minutos después llegó su esposo y de inmediato los detuvieron a los dos y se los llevaron a las oficinas de inmigración.

Minutos después de que el carro de los oficiales de inmigración se había ido llegó Víctor corriendo. Claudia angustiada y desesperada por su hermana lloraba inconsolablemente, de inmediato llamaron a Daniel y Aleja para ver cómo los podían ayudar ya que debido al estatus migratorio de Claudia y Víctor ellos no podían hacer nada para intervenir por sus familiares. Daniel se fue inmediatamente para inmigración en donde le mostraron la orden judicial que indicaba que la petición de asilo político había sido negada meses atrás y que como ninguna de las dos personas en la petición se habían presentado a la corte, el juez había dictado orden de deportación para ambas personas. Igualmente le informaron acerca de la opción de apelar el fallo de la corte, pero que tendrían que demostrar razones muy fuertes para quedarse en el país. De igual manera les ofrecieron la oportunidad de comprar sus tiquetes aéreos de regreso a su país y no quedar con la connotación de "deportados". La hermana de Claudia y su esposo optaron por no apelar y por comprar sus propios tiquetes de regreso, el vuelo salía en tres horas y no les dieron la oportunidad de ir a despedirse de Claudia, Víctor y sus sobrinos. Daniel les entregó el dinero en efectivo que tenía y con un abrazo y los ojos aguados los despidió. Claudia fue la encargada de llamar a sus padres para informarles la llegada inesperada de su hermana y también se encargó de poner en venta los carros y las pocas posesiones que habían adquirido en el tiempo que estuvieron en Oklahoma City. Tanto la familia de Santiago como la familia de Valeria estaban devastados con las noticias, esas historias las veían en la televisión, pero nunca imaginaron que le llegaría a pasar a alguien cercano a la familia, todavía eran muchos los que no tenían documentos y esa noticia causó temor en ellos.

Valeria se encontraba en la recta final de la universidad, solo le quedaban un par de meses de estudios para terminar y se encontraba muy estresada trabajando en su tesis de grado y también terminando su primer año como maestra. Todo era nuevo para ella y eso hacía las cosas difíciles porque le tocaba depender de sus compañeros de trabajo para que la guiaran en el cierre del año escolar. Un domingo en la mañana ella se levantó y sintió algo raro en su ojo, lo sentía diferente, rápidamente se miró en el espejo y se dio cuenta que la membrana blanca del ojo estaba inflamada, era como si tuviera un pequeño globo blanco saliendo de su ojo, inmediatamente Santiago subió a los niños al carro, le pidió a Laura que fuera con ellos y llevó a Valeria al centro de urgencias más cercano. Mientras atendían a Valeria, Santiago llevó a los niños y a su suegra a la iglesia y le pidió a Laura que los cuidara el resto del día. Mientras tanto Valeria ya estaba en consulta, para su sorpresa el doctor después de mirar su ojo se sentó a tener una conversación con ella en lugar de escribir una prescripción. Le informó que tenía queratitis ocular y le preguntó cómo se sentía, después de saber que estaba agobiada y preocupada, especialmente por su trabajo, el doctor le preguntó ¿qué pasaría si perdía su trabajo? Valeria le dijo que, además de dolerle mucho perder el trabajo que había anhelado por muchos años, tal vez perderían la casa en la que vivían, la cual era la casa de sus sueños. Dos meses antes se había presentado la oportunidad de vender la casita que tenían y gracias a Dios les había permitido comprar una casa amplia, con tres habitaciones, un salón more juegos, dos salas y un comedor, era una casa que ni en sus sueños más maravillosos hubieran pensado tener. El patio era amplio y los niños lo disfrutaban mucho, tenía dos garajes y también dos baños,

Dios había sido muy generoso con ellos y Valeria no quería perder su casa.

El doctor volvió a interrogarla y le preguntó ¿qué pasaría si perdían esa casa?, Valeria con voz de tristeza le dijo que muy seguramente tendrían que volver a vivir en un apartamento pequeño, después de la respuesta de Valeria vino otra pregunta… ¿qué pasaría si tienen que vivir en un apartamento pequeño? los niños no tendrían mucho espacio para jugar, contestó Valeria… finalmente el doctor le dijo que el punto de todas las preguntas era que ella se diera cuenta que en ningún momento ni ella ni nadie de su familia moriría y que lo único que no tenía solución en la vida era la muerte todo lo demás tenía solución. Dicho esto, el doctor la envió a la casa sin ninguna medicina y le dijo que lo único que necesitaba era descansar y confiar en Dios y para eso le dio dos días de incapacidad.

Valeria regresó a casa muy avergonzada con Dios y con su familia, se sentía muy mal de causarles preocupación y de no poner sus preocupaciones y su confianza en su Padre Celestial. Al llegar a casa todos oraron por la salud física y emocional de Valeria y por los siguientes dos días se dedicó a descansar y a disfrutar de sus hijos. La noche antes de volver al trabajo, meditó y reflexionó en todas las bendiciones que Dios le había dado, recordó cada uno de los trabajos que había hecho antes de ser maestra: su primer trabajo en un supermercado empacando mercados, recordó el cansancio que sentía en sus piernas por estar todo el día de pie y también la incomodidad que sentía cuando los clientes le hablaban y ella no entendía nada de lo que decían, dio gracias a Dios porque ahora podía sentarse y pararse cuando quisiera y también porque ya podía entender lo que la gente le decía. También recordó los trabajos en los diferentes restaurantes de comida rápida y la discriminación que sintió por no entender el español centroamericano de sus compañeras, también lo difícil que había sido preparar comida mexicana sin saber cómo cocinarla, dio gracias a Dios porque ya había aprendido suficiente vocabulario centroamericano como para comunicarse sin problemas con las personas provenientes de allá. Igualmente rememoró el medio día que trabajó en la fábrica de alternadores, allí solo pudo durar un par de horas porque no resistió trabajar en la línea desmantelando los alternadores, ese había sido un trabajo muy difícil física y emocionalmente para ella; agradeció a Dios porque ser maestra le traía muchas satisfacciones. Asimismo, se acordó que también trabajó repartiendo periódicos solo por un día, esa madrugada, Noelia la recogió antes de las tres de la mañana y se dirigieron a la bodega en donde empacaron los periódicos en bolsas plásticas por un par de horas, con los dedos cortados por la manipulación de los periódicos, a las 5 de la mañana salieron con la persona que las entrenaría en la ruta de entrega y la manera de distribuir cada periódico, días después Noelia y Valeria recordarían que esas habían sido las dos peores horas de su vida dentro de un vehículo. El hombre manejaba como loco porque debía recorrer toda la ruta en dos horas, mientras tanto Noelia y Valeria lanzaban los periódicos desde la ventana del carro en cada casa, labor que para Valeria fue bastante dolorosa debido a que sus brazos no eran muy fuertes y después de lanzar algunos periódicos, su brazo ya no aguantaba el trabajo físico. Lo peor fue que como Noelia estaba muy mareada y con náuseas ella tuvo que hacer casi todo el trabajo, una vez más Valeria agradeció a Dios que ahora no tenía que levantarse tan temprano y que su trabajo actual no requería de fuerza física. Eran tantos los trabajos y las experiencias que ella y Santiago habían pasado, unas mejores que otras, que se le hubiera ido la noche entera recordando cada uno; una vez más agradeció a Dios por todo lo aprendido y vivido durante esos años y nuevamente pidió perdón por angustiarse y por su falta de confianza en Él. Esa noche Valeria durmió como hacía mucho tiempo no lo hacía, porque definitivamente Dios había cambiado su lamento en baile.

Ya era el segundo año como profesora para Valeria. Con un poco más de experiencia, el año transcurría muy tranquilo, diciembre llegó y con él también llegó el día de su graduación de la universidad. Santiago se sentía muy orgulloso de su esposa y le transmitió ese sentimiento a María José y José María, aunque ellos todavía eran pequeños, era muy importante que vieran el esfuerzo de su madre para salir adelante; algún día les recordaría que si Valeria había podido graduarse de la universidad a los 36 años, siendo extranjera y con problemas con el idioma, mucho más ellos que habían nacido en este país, hablaban dos idiomas y tendrían todos los beneficios y oportunidades que un ciudadano americano puede tener en su país.

Iniciaba el año 2010 y Valeria con su diploma bajo el brazo empezó a trabajar para conseguir su certificación para enseñar en una escuela pública, estaba contenta con su trabajo en la escuela cristiana privada, sin embargo, era consciente que los cristianos debían salir a hacer su trabajo evangelístico en las escuelas públicas que tanto lo necesitaban. La manera alternativa para conseguir su certificación le exigía tomar 4 exámenes, el primero era el examen de educación general de Oklahoma, a pesar de que Valeria siempre había sido una buena estudiante, le preocupaba que varias personas conocidas no habían podido pasar el examen en múltiples ocasiones. Con la lección aprendida del año anterior, entregó su preocupación a Dios e hizo su parte de ponerse a estudiar. Compró una guía de estudios y practicó por varias semanas. Para la parte de matemáticas, le pidió ayuda a su cuñado Daniel y en una tarde le hizo un repaso de álgebra y geometría y la dejó lista. La otra área que se le dificultaba a Valeria era escribir un ensayo en inglés, para eso decidió memorizar un ensayo que encontró en internet y lo practicaba escribiéndolo todos los fines de semana. Santiago se reía de sus métodos de estudio, pero la apoyaba en todas sus ocurrencias. El día del examen llegó y como el inglés era la segunda lengua de Valeria le concedieron el doble de tiempo para tomar el examen, ocho horas después salió exhausta, pero positiva. Santiago no aguantaba la curiosidad de saber cómo había hecho para escribir el ensayo y fue la primera pregunta que le hizo, Valeria le explico que tan pronto el examen comenzó ella escribió en el papel de borrador todo el ensayo que sabía de memoria y con el tema que le asignaron en mente, comenzó a reemplazar los párrafos manteniendo las palabras claves del ensayo… un mes después Valeria sonrió al recibir el resultado del examen y ver que lo había pasado. Aunque su método de estudio no era muy ortodoxo, definitivamente había funcionado y una vez más le agradeció a Dios porque sin la ayuda del Espíritu Santo no hubiera podido pasar.

Cada vez que la familia se reunía, los niños eran los más felices. Aunque Miguelito, Ricardo y Juanes eran los más grandes, disfrutaban mucho de sus primos más pequeños. María José, José María y Martina eran felices pasando tiempo con Laurita, la beba de la familia, sin embargo, no sería la bebé por un tiempo muy largo porque Alejandra ya iba por su último trimestre de embarazo. Valeria sería tía una vez más y esta vez de un varoncito, estaba muy emocionada. Laura decidió que a pesar de vivir tan cerca de Aleja era muy importante irse a vivir con ella durante un tiempo indefinido para ayudarle con Laurita y con el nuevo bebé. Valeria lo entendió y la ayudó a mudarse a donde su hermana Alejandra, a pesar de que ella también la necesitaba en casa, sabía que Aleja la necesitaba aún más.

Cuatro meses antes, Santiago y Valeria se encontraban bastante ocupados, estaban buscando una casa nueva y arreglando su casa actual para ponerla en venta. Valeria seguía estudiando para su próximo examen de certificación y además estaba aplicando en escuelas públicas, a pesar de no tener todavía su certificación, quería tener la experiencia de tener entrevistas en esas escuelas y así estar lista para cuando llegara el momento. Mientras tanto disfrutaba de la oportunidad de estar en la misma escuela con María José y José María. Para Valeria era toda una bendición y un placer ir a su trabajo en el carro con sus dos hijos, estar todo el día en el mismo edificio con ellos y de vez en cuando visitarlos en sus salones o a la hora del almuerzo y luego regresar a casa con ellos nuevamente, ¡no podía tener un mejor trabajo!

Faltando dos semanas para que terminara el año escolar, el agente de bienes raíces les informó a Santiago y Valeria que tenían un comprador para su casa. Además, la oferta que habían hecho para la casa nueva había sido aceptada. A pesar de ser excelentes noticias, Santiago y Valeria se angustiaron al saber que solo tendrían un mes para terminar los arreglos de su casa y para empacar todo para la mudanza. Adicionalmente el tío Pacho y la tía Maruja los habían convencido de que María José fuera la pajecita de la boda de su hija. Sin saber de dónde había salido el dinero, ya tenían los tiquetes aéreos comprados para viajar en mes y medio a la ciudad de Nueva York para la boda... Valeria quería cerrar los ojos y mágicamente despertarse cuatro meses después, sin embargo, eso no sucedió y lamentablemente toda esta situación hizo estragos y ella terminó con el estrés que le generó la inflamación de la membrana ocular.

El día de los dos cierres de las casas llegó y milagrosamente Dios les proveyó el dinero para pagar la cuota inicial de su nueva casa, la casa de sus sueños. Todo estaba listo para entregar una casa y recibir la otra, pero el banco que estaba haciendo el préstamo no quería realizar el cierre de la casa nueva, debido a que la compañía que estaba reemplazando el techo se había retrasado y no lo habían terminado a tiempo. El agente de bienes raíces llamó a Valeria para informarle de la situación y avisarle que si no cerraban ese día sería necesario esperar unos días más, Valeria se preocupó porque todas sus cosas estaban en cajas y no tendrían donde pasar esas noches. El agente le dijo que en ese momento iba a realizar una conferencia telefónica con el banco. El banco quería confirmar si el techo estaba terminado, si aún no estaba terminado no autorizaría el desembolso del dinero para llevar a cabo el cierre ese día. El agente le insinuó a Valeria que era necesario mentir si quería dormir en su nueva casa esa noche… al fin y al cabo la compañía de techos estaba a punto de terminar. Valeria estaba entre la espada y la pared, la llamada ya estaba en curso y no tenía tiempo de llamar a Santiago, sus hijos estaban afuera esperando irse a la nueva casa y en su antigua casa no había sino cajas, todo estaba desocupado. Valeria se encomendó a Dios y decidió honrarlo diciendo la verdad, Él se encargaría de ayudarlos y darles un lugar para dormir mientras el techo era terminado. A pesar de las advertencias del agente, cuando el representante del banco le preguntó si el techo estaba terminado, ella respondió que aún no. Hubo un silencio que parecía eterno, pero después de unos segundos el banco le informó al agente que el cierre se podía llevar a cabo ese mismo día. Valeria dio gracias a Dios y una vez más vio cómo su Padre Celestial es fiel con el que es fiel a Él. Esa noche durmieron todos los cuatro por primera vez en la casa de sus sueños.

El viaje a la ciudad de Nueva York fue maravilloso, fue después del nacimiento del bebé de Alejandra, entonces Laura pudo ir y Santiago invitó a Lucas también. Lucas aceptó, pero estaba un poco nervioso de viajar en avión por ser indocumentado, a pesar de tener el pasaporte de su país al día, se sentía inseguro; Santiago lo tranquilizó contándole algunos testimonios de personas que él conocía que habían realizado viajes en avión sin ningún inconveniente. Fue una semana maravillosa, Nueva York era igual y aún mejor de lo que muestran las películas y, tanto para Laura como para Lucas, fue un sueño hecho realidad. Para Valeria y Santiago fue un tiempo inolvidable en donde compartieron con sus padres y con sus hijos, siempre habían querido ir, pero era algo tan imposible que solo Dios había podido hacerlo realidad.

Al regresar a Oklahoma se encontraron con la triste noticia de que Martín y Cristina se habían separado. Desde el nacimiento de Martina su relación se había deteriorado, ninguno de los dos lograba superar la enfermedad de Martina. Ella era una niña preciosa a la cual sus dos padres adoraban, sin embargo, no entendían porque su hijita tenía esa enfermedad. En un principio habían cuestionado a Dios, sin embargo, con el pasar de los días se habían resignado a la enfermedad, pero la relación entre ellos se deterioraba cada vez más. El cuidado de Martina era 24 horas al día 7 días a la semana y ambos se encontraban exhaustos. Cristina llevaba dos meses trabajando medio tiempo, era una manera de salir de su casa y respirar aire un poco diferente al ambiente tóxico en el que vivían, Miguelito también se estaba viendo afectado por los problemas de su casa y en la escuela le estaba yendo mal. Toda esta situación los estaba alejando de la familia, ya no iban a los cumpleaños, ni a las celebraciones y también habían dejado de asistir a la misma iglesia; Lucas sufría mucho por eso, pero después de tratar de conversar con su hijo un par de veces acerca de la situación y sentir el rechazo de Martín, había decidido orar y confiar en Dios. Martín se había refugiado en su trabajo, el mismo que llevaba haciendo desde que había llegado a este país y, a pesar de que los ingresos no eran los mejores, no lo había dejado por miedo a no conseguir nada mejor por su condición de indocumentado y además porque su jefe ya conocía su condición.

Cristina tenía un compañero de trabajo con el cual empezó a tener conversaciones sobre su situación en su hogar, ya era costumbre que almorzaran juntos y ella se desahogara con él, poco a poco su amigo comenzó a interesarse más y más en ella y a veces también salían en la noche después del trabajo y un día sin pensar se besaron y la relación pasó a otro nivel. A Martín le parecía muy extraño que de un momento a otro Cristina estaba "trabajando" horas extras, una noche mientras ella estaba en la ducha Martín vio que el celular de Cristina estaba sonando y lo agarró para silenciarlo, sin embargo, no pudo dejar de ver que le había llegado un texto en el que la persona la llamaba "mi amor". Cristina negó cualquier relación con ese hombre, pero Martín la siguió días después y vio cómo lo saludó con un beso en la boca. Esa noche fue la gota que derramó el vaso y Martín empacó su maleta, se despidió de sus hijos y salió llorando de ahí. Como Lucas le había encargado cuidar su apartamento mientras estaba de viaje, Martín se quedó allí mientras él regresaba de Nueva York. La mayor preocupación de Lucas eran sus nietos, ¿qué iría a pasar con Miguelito? ¿Quién iba a cuidar a Martina mientras Cristina trabajaba? A pesar de ver el dolor de su hijo no quería que su hogar se destruyera, Martín también había pensado en todo eso y por medio de un email le había dicho a Cristina la suma de dólares que le pasaría mensualmente para que no le faltara nada a sus dos hijos y también le había pedido el divorcio. Lucas trató de persuadir a Martín para que no se divorciara, pero Martín le contó lo deteriorado que estaba su matrimonio y cómo había encontrado a Cristina con un amante, para él era muy difícil perdonarla y volver a confiar en ella, además reconocía que había sido un error alejarse de la iglesia y sobre todo de Dios porque esa lejanía había empeorado la relación de ellos, pero no quería volver con ella, los últimos meses habían sido un infierno de peleas y llamadas a la policía y no quería que sus hijos pasaran nuevamente por algo así. Cristina venía de un hogar disfuncional en donde había visto cómo sus padres se peleaban, había visto a su padre golpear a su madre hasta provocarle un aborto; para ella la solución era el divorcio porque así habían solucionado los problemas sus padres, cuando su mamá encontró paz en los brazos de otro hombre, ella también quería divorciarse. El problema era que ni Cristina ni Martín estaban dispuestos a ceder la custodia de sus hijos y ya habían hablado con los abogados. El camino hacia el divorcio y la pelea por los niños sería un camino largo y difícil por el que Cristina y Martín tendrían que atravesar.

Al llegar de su viaje, Valeria, además de las noticias de la separación de su cuñado encontró también una propuesta de trabajo de una escuela pública intermedia en un pueblo cercano a la ciudad de Oklahoma. Los beneficios de trabajar con el estado eran maravillosos, siempre había escuchado que los maestros ganaban muy poco, pero para ella, una mujer que hasta hacía dos años había sido indocumentada y a la cual le había tocado trabajar en cuanto trabajo se le presentó, trabajar para el gobierno era la más grande bendición; los beneficios eran estupendos y el salario sería el doble del que estaba recibiendo en la escuela privada, además de que sus hijos !serían recibidos en el mismo distrito donde ella trabajaría!

No todo era color de rosa para Valeria y su nuevo trabajo, antes de aceptar la propuesta debía renunciar a la escuela privada cristiana para la cual trabajaba, el problema era que ya había dicho que ese año trabajaría con ellos, Laura como siempre la aconsejó y oró con ella antes de ir a hablar con la directora de la escuela para que Dios le diera gracia con esa mujer y aceptara su renuncia. La reacción de la directora fue de enojo, ¿En dónde iba a conseguir una maestra de español dos semanas antes de iniciar el año escolar? Valeria sabía que era justificada su reacción y se ofreció a trabajar un mes mientras encontraban a otra maestra, sin embargo, la mujer trató de persuadirla para quedarse diciéndole que los niños en las escuelas públicas eran terribles, que desde el primer día se arrepentiría de haber dejado su trabajo en la escuela cristiana y también le advirtió que en la escuela pública no le permitirían hablar de Jesús por ninguna razón. La directora al darse cuenta de que no iba a cambiar la decisión de Valeria, muy enojada le dijo que podía irse y que no la necesitaba más.

Por el camino a casa lloró desconsolada, Valeria no quería que las cosas terminaran así, estaba muy agradecida por la oportunidad que le habían dado dos años atrás cuando inició su carrera como maestra y tampoco creía que no fuera a tener la oportunidad de hablar de Jesús, ella sabía que, si Dios le había abierto las puertas en esa escuela, era porque Él tenía un propósito. Una semana después se encontraba en la inducción en el nuevo distrito escolar, a Valeria le llamó la atención que ella era la única maestra nueva en la escuela intermedia y también la única maestra latina del distrito escolar. De regreso a casa volvió a llorar, pero esta vez de gran emoción, en voz alta le daba gracias a Dios y le decía que quién era ella para recibir tantas bendiciones de Él, una mujer tan imperfecta, tan llena de defectos, una mujer que llegó a este país con la intención de quedarse aunque fuera ilegalmente y que a pesar de eso Dios le hubiera permitido venir y quedarse, que sin saber cómo ni cuándo, ella y su esposo ya tuvieran permiso de trabajo y que gracias a esas bendiciones se hubiera graduado de la universidad y ahora tuviera un trabajo como cualquier persona americana. Haberse visto rodeada de más de 200 maestros que ahora eran colegas suyos le había quebrantado el corazón y no podía hacer más que agradecerle a su padre celestial.

Era el primer día de clases y María José y José María estaban emocionados, pero también nerviosos de comenzar en una nueva escuela. Tuvieron que madrugar bastante porque la escuela era un poco retirada de la ciudad, José María no desayunaba rápido y Valeria estaba angustiada de llegar tarde al primer día de clases, manejó lo más rápido que pudo, dejó a sus hijos en la escuela primaria y finalmente llegó a la escuela intermedia. Se alistó para recibir a sus nuevos alumnos y cuando sonó la campana para iniciar la primera hora de clases se paró frente a la puerta de su salón de clases a saludar a sus estudiantes, pero sus piernas le temblaban, las palabras de la directora vinieron a su cabeza y recordó que le había advertido que el primer día se arrepentiría porque "esos niños de las escuelas públicas son como pequeños demonios". Siguió saludando y se encomendó a Dios.

Los días y las semanas pasaron y tanto sus hijos como Valeria adoraban sus nuevas escuelas, los compañeros de trabajo eran muy amables con Valeria, la ayudaban en todo lo que necesitaba, la directora de la escuela estaba muy pendiente de ella también, María José y José María ya tenían amigos, definitivamente podían ver la mano de Dios en todo. Aunque el primer año Valeria no tuvo ni el tiempo ni la cabeza para pensar en cómo comenzar un grupo cristiano en la escuela, Dios ya tenía todo planeado y al siguiente año le puso en el corazón a una estudiante de octavo grado el deseo de iniciar un grupo de oración y de estudio bíblico, inmediatamente Valeria se puso en contacto con esa estudiante y la directora autorizó que Valeria apadrinara el grupo cristiano. Al llegar a casa Valeria le dio las buenas noticias a Santiago y tanto ellos como sus hijos le dieron gracias a Dios porque Él siempre tiene planes de bien y no de mal para darnos un futuro lleno de esperanza… por los siguientes 8 años Valeria apadrinó el grupo cristiano en su escuela, y muchos niños conocieron y recibieron a Jesús en su corazón.

No hay mal que dure cien años ni nadie que lo resista.

2012 primer semestre
El día que temo yo en ti confío. Salmo 56:3

Martin había aceptado la propuesta de su padre de quedarse en su casa hasta qué solucionara la situación de su divorcio, sin embargo, nunca imaginó qué las cosas llegarían a complicarse tanto. Cristina y los niños se quedaron en el apartamento en donde vivían y ella le permitía a Martin visitarlos cada vez qué podía, pero cada visita se tornaba en un campo de guerra, el amiguito de ella ya la había dejado y se encontraba en grandes problemas económicos y emocionales. Primero Cristina intentó persuadir a Martin para qué la perdonara y volvieran a estar juntos, pero Martin ya no podía aguantar más esa relación, habían sido muchos años de peleas y de malos tratos, su amor por sus hijos era lo qué lo mantenía ahí, pero ahora qué había descubierto el engaño de su esposa no se sentía capaz de volver con ella y darles el mismo ambiente tóxico a sus hijos. Gracias a la compañía y a los consejos de Lucas, Martin estaba restableciendo su relación con Dios y también estaba asistiendo a la iglesia, por primera vez estaba leyendo la Biblia y orando todos los dias; sentia qué Dios le hablaba a diario y aunque sabia qué habia mucho camino por recorrer, estaba entusiasmado con su nueva relación con Dios.

Cristina por otro lado, estaba llena de amargura y dolor, su mejor amiga no llevaba una buena vida y sus consejos no eran los mejores; le había llenado su corazón de deseo de venganza hacia Martín por haberla dejado. Un día, cansada de rogarle a Martín que volvieran, llamó a su amiga para que la consolara y entre las dos idearon un plan para hacerle daño a él. Esa tarde Martín fue a visitar a sus hijos y Cristina le pidió el favor de que revisara los frenos de su camioneta, Martín no encontró nada raro con los frenos, pero cuando él se fue, Cristina y su amiga cortaron la manguera de los frenos y mientras la amiga cuidaba a los niños, Cristina salió a manejar a la autopista, minutos después la camioneta se quedó sin frenos y se estrelló contra una señal de tránsito. De inmediato llegó la policía y encontraron a Cristina llorando y culpando a su "ex" de quererla matar porque él había revisado sus frenos minutos antes de que ella saliera a conducir. El agente de policía le dijo que esas eran acusaciones muy serias y que ordenaría que citaran de inmediato a Martín a la corte. Al día siguiente Martín recibió una orden de citación a la corte, el juez le pidió su versión de los hechos y después de no encontrar suficientes pruebas para arrestarlo ordenó una orden de restricción judicial que no le permitiría acercarse a Cristina ni a sus hijos por un tiempo hasta que se investigara el caso. Martín quedó devastado, no sólo no podría ver a sus hijos por 6 meses, sino que su abogado le cobraría un dineral para tratar de quitar la orden de restricción, pedir la custodia de los niños y solicitar el divorcio, lamentablemente él no tenía ni en qué caerse muerto, lo único que le quedaba era encomendarse a Dios y entregarle el temor que tenía de no volver a ver a sus hijos. Al día siguiente, Lucas y Santiago acompañaron a Martín a la agencia latina para pedir consejería y ayuda, inmediatamente le asignaron un trabajador social que lo registró para tomar unas clases de control del enojo y también le dio la información de un abogado económico.

Días después Martin comenzó sus clases con un psicólogo cristiano con el cual inició una gran amistad, un par de meses después el abogado logró que le dejaran ver a sus hijos una vez por semana hasta que terminara el proceso de divorcio y de custodia. Lucas lo acogió en su apartamento hasta que tuvo el dinero para volver a independizarse, finalmente Martín veía una luz al final del túnel. Una tarde, después de que la tormenta pasó, Martín reunió a su padre, su hermano, su cuñada y sus sobrinos para pedirles perdón. Entre lágrimas y sollozos les contó cómo Cristina lentamente y sin darse cuenta lo había alejado de todos ellos, ahora se daba cuenta que lo había hecho por celos, Cristina no podía soportar que toda la familia cercana de Martin viviera en Oklahoma City y que ella no tuviera a nadie. Les contó que ella se enojaba cada vez que celebraban un cumpleaños o la navidad y que hacía todo lo posible para que ellos no fueran a las reuniones familiares. Se inventaba que estaba enferma, armaba una pelea, regañaba a Miguelito y en los últimos años manipulaba a Martín con la enfermedad de Martina y no lo dejaba ir a visitar a su papá o a su hermano. Él sabía que era el mayor responsable, se había alejado de Dios y por mucho tiempo no lo perdonó por tener una hija con discapacidades, le echaba la culpa de todas sus desgracias y también se había dejado cegar por todo lo que decía Cristina, cayó en el juego de manipulación que ella había creado para hacerle sentir pesar por que ella no tenía familia aquí, y de esta manera tampoco Martín pudiera disfrutar de los suyos. Entre lágrimas y palabras de perdón todos se abrazaron y decidieron dejar ese pasado atrás, de ahora en adelante nada ni nadie los separaría. Días después, Martín recibió la noticia de que el proceso de divorcio había terminado y el juez le otorgó custodia compartida, ahora disfrutaría de sus dos hijos cada viernes, sábado y domingo ¡la familia no podía estar más feliz!

Alejandra y Daniel habían recibido a su nuevo bebé, Laurita estaba feliz y cuidaba todos los días de Marco, su hermanito. Daniel, después de un par de intentos, por fin había podido pasar el CPA test y recibió un gran ascenso en la firma de contadores para la cual trabajaba, mientras tanto Alejandra estaba dedicada cien por ciento a la crianza de sus hijos, pero en sus ratos libres estaba investigando como podría trabajar desde su casa.

Víctor y Claudia ya estaban completamente adaptados a la vida en Oklahoma City. Después de que Víctor tuviera diversos trabajos: fabricando gabinetes, cortando zacate, poniendo pisos, pintando casas, finalmente se estableció como vendedor de carros y estaba feliz porque era un trabajo que no le demandaba mucho trabajo físico y ganaba mucho mejor, sin embargo, después de pasar por los primeros trabajos su salud se había desmejorado mucho y su espalda estaba bastante afectada. Claudia también disfrutaba de un trabajo más suave y ahora se dedicaba a cuidar bebés, las familias se encariñaban mucho con ella y ella con los bebés, pero cada vez que le hacían una oferta financiera mejor cambiaba de familia porque se encontraban en plan ahorro para comprar una casa.

Laura cuido de la dieta de Alejandra y permaneció con ellos por unos meses, después decidió comenzar a trabajar y también independizarse. La escuela a la que asistían María José y José María tenía una vacante en la cafetería y, gracias a Dios, recibieron a Laura. Ella también logró vender una propiedad que tenía en su país y con ese dinero compró un pequeño apartamento en una comunidad de pensionados a cinco minutos de la casa de Santiago y Valeria. Cada mañana Valeria iniciaba su jornada laboral llevando a sus hijos y a su mamá a la escuela primaria y luego continuaba hacia su escuela, fueron unos años maravillosos que los 4 compartían llenos de historias y anécdotas diariamente, los que más disfrutaban eran los niños que se reían mucho con las historias de su abuelita. Laura disfrutaba mucho de su independencia en el nuevo apartamento, pero también anhelaba conversar con alguien en las tardes, Daniel le ayudó a publicar un anuncio en las redes sociales para poner en renta la otra habitación y muy pronto se mudó un hombre joven procedente de El Salvador, se llamaba Pedro.

Cada noche Pedro llegaba cansado, sucio y sudoroso, su ropa llena de pintura y polvo, por unos cuantos dólares semanales Laura le compartía de su cena y compartían juntos en la mesa. Muy pronto Pedro comenzó a confiar en Laura y la veía como una madre, día tras día Pedro compartía sus experiencias con ella, Laura vivía llena de compasión por este joven y su dolorosa y triste historia. Un año y dos meses habían pasado desde que Pedro salió de su ciudad natal, Apopa, una ciudad ubicada en el centro de El Salvador a pocos minutos de la capital. Pedro vivía con su mujer y su pequeña hija de dos años en una colonia o vecindario llamado Santa Teresa, uno de los focos de inseguridad más grande de todo el país. Pedro y su familia tenían que enfrentar un ambiente de extorsiones, desapariciones, agresiones físicas y amenazas a diario por parte de las pandillas; en varias ocasiones Pedro había querido dejar ese lugar, pero su mujer insistía en quedarse a vivir allí, él no entendía el motivo por el que ella no se quería ir, sin saber que su mujer tenía amoríos con un pandillero del vecindario. Una mañana sin dar explicaciones, empacó su ropa y le anunció a Pedro que se iba, que no la siguiera porque era peligroso y que no se podía llevar a la niña, se la dejaba a él porque sabía que sería un buen padre, también le pidió perdón y salió corriendo de la pequeña habitación en la que vivían los tres.

Pasaron varios días para que Pedro se repusiera del shock que le produjo el abandono de su mujer, una mañana recogió todas sus cosas y con su pequeña niña salió para la vereda en la que vivían sus padres. Por muchos años trató de convencer a su mujer de irse al país del norte a buscar un mejor futuro, pero ella nunca quiso hacerlo, ahora no había nadie que lo detuviera y por eso pasaría unos días con sus viejos para despedirse y emprendería el viaje. A pesar de los ruegos de los dos viejitos, Pedro decidió viajar con su pequeña hija porque no se sentía capaz de dejarla después de que su propia madre lo hiciera, luego de recibir la bendición de su mamá inició un viaje de dos meses hasta la frontera de México con el país del norte. A pesar de que el trayecto fue muy difícil, que los pies le dolían cada vez más y que el peso de su hija le produjo un dolor de espalda muy fuerte, no se arrepentía de su decisión. Durante el recorrido, la niña había aprendido nuevas palabras, corría al lado de los otros niños que viajaban con ellos y en las noches llenaba de besos el rostro de Pedro, para él ese era el pago de cada esfuerzo que hacía para darle un mejor futuro a su hija. En ese momento su única preocupación era que el dinero le alcanzara para pagar al coyote y para que los dos se alimentaran hasta que consiguiera un trabajo en Los Estados Unidos.

Al llegar a la frontera, el coyote que aceptó el dinero que Pedro llevaba le advirtió que pasarían por el desierto de Arizona, Pedro y otro grupo de inmigrantes procedentes de El Salvador y Guatemala decidieron pagar y continuar la travesía. El coyote les advirtió del calor y las fuertes temperaturas que enfrentarían, además les dijo que las posibilidades de morir de deshidratación o de la picadura de serpiente eran altas, sin embargo, todos estuvieron de acuerdo a pesar de las duras advertencias. Iniciaron el viaje y a eso de la medianoche el coyote anunció que habían llegado a las coordenadas donde los debía dejar, el coyote tenía todo registrado en su celular y les aviso que allí tendrían que bajarse de la camioneta, les indicó la dirección por la que debían caminar y a cada uno le entregó tres botellas de agua, tan pronto se bajaron todos, el hombre arrancó y no lo volvieron a ver. La hijita de Pedro estaba dormida, pero al bajar de la camioneta se despertó, Pedro la cargaba y la arrullo para que volviera a dormir. Pedro y todo el grupo caminaron juntos por varias horas y de un momento a otro vieron el amanecer, no podían creer que ya estuvieran en el país del norte, cada uno de los integrantes del grupo tenía su propia historia, sus propios sueños, sus propios temores, sin embargo, mientras permanecieran unidos serían más fuertes.

El cielo en Arizona parecía más azul, se veían pequeñas lomas en el horizonte, uno que otro cañón, el aire era fresco y puro, pero muy rápidamente la temperatura comenzó a subir, todo el grupo le temía al calor y a las patrullas fronterizas. Pedro no podía imaginar que lo deportaran para El Salvador, el solo pensarlo le parecía una pesadilla… pero la verdadera pesadilla estaba por venir.

Antes de bajarse de la camioneta, el coyote les había entregado pedazos de peluche para que se amarraran a los zapatos para no dejar huellas en la arena, todos en el grupo cuidaban que a ninguno se le cayeran, pero los niños se quejaban de que era muy difícil caminar con eso, por eso Pedro cargaba a su hija la mayoría del tiempo, algunas veces en sus hombros y otras veces en sus brazos. El grupo estaba integrado por 7 adultos y 3 niños. Angelina era una mujer menuda, de unos 25 años de edad, era su tercer intento en menos de 6 meses para llegar a Los Ángeles donde su hermano la esperaba, ella cuidaba de que a ninguno de los 3 niños se le desataran los pedazos de peluche, estaba determinada a que la tercera era la vencida y que por fin se reuniría con su hermano, además no quería volver a la cárcel.

El primer día transcurrió y en la noche todos estaban exhaustos, abrieron varias latas de atún y comieron, Pedro durante todo el día le había dado de beber suero a su hija, pero ella había sudado demasiado, Pedro estaba bastante preocupado. Tomaron turnos para vigilar que ninguna serpiente o animal salvaje se acercara y tampoco los encontrara ninguna patrulla de policías. A la madrugada el muchacho que lideraba el grupo los despertó a todos y les informo que de acuerdo a las indicaciones del coyote les quedaban unos dos a tres días de camino, una mujer se quejó de dolor de pies y tanto la niña de Pedro como otro niño comenzaron a llorar de hambre, volvieron a comer más atún e iniciaron su camino antes de que amaneciera. Hacia el mediodía el calor era sofocante, la pareja de esposos mayores pidió un descanso, el líder decidió que descansaran una hora, mientras todos descansaban, Leo, el padre del niño de 7 años que viajaba en el grupo encontró un hoyo con una nevera portátil con algunos galones de agua que algún grupo humanitario había dejado allí, el agua todavía estaba fría y todos pudieron refrescarse. Pedro estaba muy impaciente porque su hijita no estaba respirando bien, con ansiedad esperaba que llegara la noche para que su hija se sintiera mejor.

Era la segunda noche y el cansancio era terrible, Angelina, Leo y el líder del grupo no querían parar todavía, pero el llanto de los dos niños menores era insoportable y tuvieron que detenerse a la fuerza, la mujer soltera pudo calmar a su pequeño hijo de 5 años, pero Pedro no podía calmar a su hijita, esa noche estaba más fría que la anterior y aun así la temperatura de la niña testaba demasiado alta. Pronto iba a amanecer y la mayoría del grupo decidió que debían continuar, Pedro empezó a temer lo peor porque su hija respiraba con dificultad, ya había dejado de llorar, pero la temperatura no le bajaba. Al mediodía la mujer de unos 60 años se puso a llorar y dijo que no podía seguir, su esposo la animaba a recobrar fuerzas y le recordaba que su hijo los estaba esperando en Chicago, que hiciera otro esfuerzo para continuar, pero ella se tiró al piso y se quitó los zapatos que estaban llenos de sangre por las ampollas que habían explotado por el calor, realmente ella no podía continuar. Varios del grupo pidieron descansar un par de horas, Angelina reconoció que la mujer no podía continuar y Pedro se unió a la petición, el suero qué le daba a su hija se le había terminado la noche anterior y la niña ya no quería comer más atún, él ya estaba desesperado y no sabía qué hacer. El líder del grupo estaba muy inquieto porque los alimentos y el agua empezaban a escasear, con tono enérgico les dijo que solo o acompañado continuaría su camino al atardecer. Pasaron unas dos horas y la hija de Pedro no reaccionaba, la temperatura todavía estaba demasiado alta a pesar de que el sol se estaba ocultando y ella empezó a convulsionar del calor, Pedro le rapó un galón de agua que Leo tenía en la mano y que ya estaba caliente por el sol y se lo hecho por su cabecita en un intento de bajarle la temperatura, la niña volvió en sí pero después de unos minutos se desmayó. Todo el grupo se angustió y la mujer soltera, madre del otro niño trató de revivirla con el poco conocimiento de primeros auxilios que tenía, Pedro comenzó a gritar como loco y entre Leo y el líder trataron de calmarlo, pero no pudieron. Pedro lloraba y gritaba desconsolado, para empeorar las cosas el líder comenzó a gritarles a Pedro y a la mujer de 60 años diciéndoles que ellos habían entorpecido la travesía. Todos se callaron instantáneamente cuando Angelina les gritó que la patrulla fronteriza había escuchado sus gritos y a lo lejos los veía dirigiéndose hacia donde ellos estaban, Pedro rápidamente agarró a su hija, pero la mujer de 60 años le hizo señas de que la niña ya no tenía pulso, ignorando lo que la mujer le indicaba arrastró el cuerpo de su hija un par de metros sin que la niña reaccionara, todos corrían en direcciones diferentes, Leo se devolvió y bruscamente separó las manos de Pedro de las de su hija y lo empujo para que corriera con él y con su hijo de 7 años. Pedro se cubrió la boca para que los patrulleros no escucharan su llanto ni sus sollozos, los tres corrieron lo que más pudieron y se perdieron en la oscuridad.

Los cinco hombres en el horizonte se veían como una aparición celestial, el sol no les permitía ni a Leo ni a Pedro ver el rostro de esas personas, la deshidratación ya estaba causando problemas en ellos dos y en el hijo de Leo. Hacía una hora se habían tomado la última botella de agua que les quedaba y sentían que ya no podían más, Pedro pensó que los cinco hombres eran una visión antes de morir y se alegró al pensar que volvería a ver a su hijita. Rápidamente la brigada humanitaria les dio suero a los tres para que recobraran las fuerzas, en el momento que se reincorporaron los llevaron a la camioneta para darles acceso a un poco de aire acondicionado y bajarles la temperatura corporal. Los cinco hombres les proveyeron comida, ropa y zapatos a Pedro, Leo y su hijo, eran parte de una brigada que se dedicaba a salvar vidas en el desierto y a prestar primeros auxilios. Pedro abrazó a uno de ellos y estalló en llanto, con su voz entrecortada les dio las gracias por salvarlos, pero también les preguntó si sabían algo de su hija y de los otros inmigrantes que iban con ellos. "Anoche nos informaron que encontraron el cuerpo de una niña de dos o tres años a unas 6 millas de aquí" contestó uno de ellos, "también encontraron a una pareja de esposos cerca de su cuerpo, las autoridades creyeron que eran sus abuelos, pero ellos negaron ser familiares de la niña, los patrulleros entregaron el cuerpo de la niña a otra brigada humanitaria para que la sepultaran" afirmó el hombre. Pedro no paraba de llorar, pero en medio de su dolor agradeció a Dios que su hija sería sepultada dignamente. Pasó una media hora y el mismo hombre les preguntó para dónde se dirigían, "para Oklahoma

City vamos los tres" respondió Leo, "solo necesito un celular para realizar una llamada". Pedro miró con gran asombro a Leo, pero respiró profundamente y se sintió un poco en paz. Esa tarde la brigada los dejó en Tucson y allí los estaba esperando el tío de Leo, de inmediato iniciaron el último tramo del viaje, los tres comieron algo y durmieron las 15 horas del viaje.

Pedro vivía completamente agradecido con Leo y su tío, el último año ellos dos y el hijo de Leo se habían convertido en su familia, le habían dado trabajo en el supermercado del tío, le habían dado vivienda en una pequeña casa móvil que estaba abandonada en el patio de la casa del tío, Pedro la había limpiado y arreglado, allí llegaba a dormir, pues para no pensar en su hija y en la pesadilla que habían vivido trabajaba de día y de noche; el dinero que ganaba lo dividía entre los ahorros que estaba haciendo para independizarse y el dinero que le enviaba a sus padres en El Salvador.

Era la primera vez que Pedro le contaba a alguien todo lo que le había sucedido en el último año, Laura lo escuchó por horas y las lágrimas corrieron por sus mejillas una y otra vez, ella no podía creer que alguien tan joven hubiera sufrido tanto. Con voz maternal le dio consuelo y lo abrazó, le dijo que ella no le podía ofrecer más que su amistad y sus oraciones, pero que también le presentaría a alguien que podría sanar sus heridas y que esa persona se llamaba Jesucristo. Desde ese día y por los siguientes meses Laura se dedicó a estudiar la Biblia con Pedro y a mostrarle que Dios comprendía completamente su sufrimiento porque Él también había perdido a su único hijo de una manera muy cruel. Años después Pedro estudió en el Instituto Bíblico de las iglesias Nazarenas y se dedicó a pastorear una iglesia en una pequeña población cerca de Oklahoma City.

Jesús sana toda enfermedad.

2012 segundo semestre -2013
Jesús recorría todos los pueblos y aldeas, enseñando en las sinagogas de cada lugar. Anunciaba la buena noticia del reino, y curaba toda clase de enfermedades y dolencias.
Mateo 9:35

El juez le concedió un permiso especial a Martín por una semana durante el verano para salir de vacaciones con sus hijos. Toda la familia se unió y decidieron viajar a Disney World para que todos los niños conocieran los parques, José María, María José, Martina, Miguel, Laurita y Marco no cabían de la dicha; la felicidad era total porque tanto Lucas como Laura también se unieron a la aventura. Fueron unos días maravillosos en la Florida y todo el dolor del difícil divorcio de Martín quedó atrás, toda la familia le dio gracias a Dios por ese tiempo inolvidable.

Días después de regresar del viaje, Valeria empezó a tener problemas para dormir, tenía que ir tantas veces a orinar que no podía conciliar el sueño. Valeria se empezó a angustiar porque recordó los meses difíciles que tuvo durante el embarazo de José María. Pasó una semana y en lugar de mejorar cada vez se sentía peor, Santiago la animó a que fuera al doctor, pero como en su trabajo habían cambiado de seguro médico, aún no había elegido un médico de cabecera, Valeria entonces visitó una clínica de emergencias en donde sin ningún examen médico le recetaron una medicina para dormir, una medicina para la ansiedad y otra medicina para que la vejiga no estuviera tan activa en la noche. A la mañana siguiente Valeria no podía levantarse, estaba completamente dopada por las medicinas que el doctor le había dado, lo único que quería era volver a dormir, pero no podía porque debía llevar a las clases de natación a José María y María José. Una semana después de seguir tomando las medicinas, de bajar una libra de peso a diario y de no mostrar mejoría, Santiago le pidió a Valeria que dejara de tomarlas a pesar de las advertencias del doctor por un posible efecto de rebote. Para entonces el sistema nervioso de Valeria estaba muy afectado, la falta de sueño, las constantes entradas al baño, la pérdida de peso y la ansiedad le estaban produciendo una diarrea muy fuerte. Finalmente, después de varias semanas y muchas llamadas al seguro médico le asignaron una nueva doctora a Valeria; la doctora escuchó todo lo que Valeria tenía que decir, la consoló mientras lloró y finalmente le dijo que en su opinión lo que le estaba sucediendo no era nada físico, sino un asunto espiritual, le entregó un papel en donde, en lugar de prescribir alguna medicina, le escribió un par de versículos bíblicos y la mandó a la casa a descansar. Adicionalmente la felicitó por haber suspendido las medicinas porque las dosis que le habían dado eran demasiado altas para su tamaño, esas dosis eran para personas caucásicas con complexiones físicas grandes y no para personas pequeñas como ella.

Valeria llegó a su carro estupefacta, ella nunca había hablado con esa doctora ni le había contado que ella era cristiana, no podía creer que no le hubiera recetado ninguna medicina, había esperado con tanta ansiedad esa cita médica para que por fin le dijeran qué era lo que le estaba pasando a su cuerpo y le formularan alguna medicina para ayudarla a sentirse mejor y en lugar de eso había recibido dos versículos bíblicos. Lloró todo el camino a casa, le preguntaba a Dios qué era lo que estaba pasando, Valeria lo único que quería era volver a sentirse normal. Faltaban solo dos semanas para regresar a trabajar en la escuela y ella se sentía tan fuera de sí que no sabía si podría; por la falta de sueño lloraba mucho, seguía con diarrea y en las noches orinaba más de 20 veces.

Días después, mientras oraba y leía su Biblia, Valeria sintió que finalmente Dios le estaba respondiendo a todas sus preguntas. El pasaje de la Biblia que estaba leyendo era este: "Porque el Señor corrige a quien él ama, y castiga a aquel a quien recibe como hijo.» Ustedes están sufriendo para su corrección: Dios los trata como a hijos. ¿Acaso hay algún hijo a quien su padre no corrija? Pero si Dios no los corrige a ustedes como corrige a todos sus hijos, entonces ustedes no son hijos legítimos. Además, cuando éramos niños, nuestros padres aquí en la tierra nos corregían, y los respetábamos. ¿Por qué no hemos de someternos, con mayor razón, a nuestro Padre celestial, para obtener la vida? Nuestros padres aquí en la tierra nos corregían durante esta corta vida, según lo que les parecía más conveniente; pero Dios nos corrige para nuestro verdadero provecho, para hacernos santos como él. Ciertamente, ningún castigo es agradable en el momento de recibirlo, sino que duele; pero si uno aprende la lección, el resultado es una vida de paz y rectitud". Al terminar su oración, Valeria se dio cuenta que estaba pasando por un tiempo de corrección, llevaba un tiempo de inconstancia con sus devocionales diarios; Dios le mostró que no orar ni leer la Biblia a diario era un acto de autosuficiencia, era creer que ella podía con las cargas diarias y que no necesitaba a Dios. Después de abrir los ojos y darse cuenta que Dios la amaba tanto que le estaba respondiendo a sus inquietudes, se arrepintió de corazón. Poco a poco su sueño se fue normalizando y su cuerpo se restableció completamente, Dios la sanó física y emocionalmente. Valeria no sabía que Dios la estaba preparando para una lluvia de bendiciones.

Por esos días, Valeria se despertó un domingo muy temprano con deseos de cantar canciones de alabanza a Dios en español. Santiago y ella llevaban 13 años asistiendo a iglesias de habla inglesa con el ánimo de aprender inglés, habían sido bendecidos con cada predicación, pero había sido difícil tener amigos. Pocos días antes, el pastor de la iglesia a la que asistían había citado a Santiago y a Valeria para proponerles que comenzaran el ministerio hispano en la iglesia y que les ofrecía un trabajo de tiempo completo para que se dedicaran a ese ministerio. Santiago le agradeció al pastor su generosa oferta, pero la rechazó porque ni él ni Valeria habían recibido ningún mensaje de parte de Dios para ser pastores. Esa mañana, en la que Valeria amaneció con deseos de alabar a Dios en español, decidieron asistir a la iglesia hispana a la cual asistía el resto de la familia, por supuesto, todos quedaron boquiabiertos cuando vieron a María José, José María, Santiago y Valeria llegar al servicio, por lo general ellos solo visitaban la iglesia cuando había eventos especiales. Lucas y Laura fueron los más extrañados y se preguntaban si todo estaría bien. Al finalizar la predicación las lágrimas corrían por las mejillas de Valeria, el mensaje del pastor había sido directo para ella, Dios le había hablado de una manera clara y amorosa acerca de los meses tan difíciles que había tenido, ella no pudo evitar ir a darle las gracias por ese precioso mensaje. Para su sorpresa, el pastor le contó que la noche anterior había dejado listo el mensaje para el otro día, pero que esa mañana Dios lo había guiado a escribir ese nuevo mensaje, sin saber que iba a ser de tanta bendición para Valeria. Después de asistir como visitantes por un par de semanas, Santiago, Valeria y sus hijos fueron guiados por Dios para quedarse en la iglesia hispana y pocos meses después comenzar un ministerio de parejas allí.

El nuevo año llegó y una tarde Valeria regresó de la escuela con sus dos hijos, como de costumbre, antes de entrar a la casa, revisó el buzón del correo. Ella ya estaba acostumbrada a recibir cartas del departamento de inmigración unas dos veces al año, generalmente llegaba un sobre para Santiago y otro para ella en donde les informaban que el caso seguía su curso y otras veces los citaban una vez más para tomarles las huellas digitales. Valeria ya no se emocionaba como al principio cuando recibía las cartas, ya era parte de la rutina y hacía muchos años había dejado de consultar la página de inmigración para no ilusionarse ni sacar cuentas de cuándo recibirían sus residencias permanentes y comenzar a soñar con viajar a su país. Mientras entraba a la casa, Valeria alcanzó a sentir que había algo duro dentro de los sobres, en ese mismo instante su corazón comenzó a latir aceleradamente y rápidamente tiró su bolso y su lonchera en el sofá y se apresuró a abrir el sobre con su nombre. Sus ojos se llenaron de lágrimas y rompió en un llanto incontrolable al ver su nombre en la "green card", la tan anhelada tarjeta de residencia; casi ni podía respirar, ni hablar, salió al patio trasero de la casa corriendo, lloró y gritó, dio gracias a Dios con todo su corazón. Eran tantas emociones, tantos años de espera… catorce años para ser exactos, tantos temores, tantos días grises, tantos trabajos que tuvo que rechazar, tantas lágrimas… ahora era tanta la felicidad y el agradecimiento a Dios que fue fiel y cumplió al pie de la letra el pasaje de Deuteronomio 11.

María José y José María no entendían nada de lo que estaba pasando, tenían 11 y 8 años respectivamente, estaban afligidos de ver a su mamá llorando tan angustiosamente, Valeria ahogada en llanto trataba de explicarles, pero la voz no le salía. María José le trajo un vaso de agua para tratar de calmarla y

Valeria mientras tanto abrió el sobre que tenía el nombre de su esposo y comprobó que a él también le había llegado su tarjeta de residencia. Entre sollozos, Valeria le explicó a sus hijos que su llanto no era de tristeza, sino de alegría y de agradecimiento a Dios. Valeria llamó a Santiago para contarle las buenas nuevas, pero Santiago al escucharla llorando se angustió mucho… tanto… que pensó que algún familiar había muerto. Esa noche, la familia, los cuatro, agradecieron a Dios por tan maravillosa bendición.

A la mañana siguiente, Valeria empezó a cotizar pasajes para ir a su país de origen. Estaban a pocas semanas de las vacaciones de primavera y le propuso a Santiago viajar para esa semana, sin embargo, Santiago le hizo caer en cuenta que solamente los pasajes de avión eran demasiado dinero para ir solo por una semana, habían esperado tanto por ese momento que esperar un poco más no importaba para poder disfrutar de toda la familia, los amigos y el país que los esperaba con los brazos abiertos. Sería necesario esperar un año más, porque ese verano los visitaría un tío de Santiago.

De regreso a mi tierra…

2014 - 2018
Como ave que vaga lejos de su nido es el que anda lejos
del lugar donde nació. Proverbios 27:8

El diagnóstico que le dieron a Ernesto no era el mejor, el cáncer había hecho metástasis y varios órganos estaban comprometidos, lo primero sería una cirugía para remover el tumor y dependiendo de lo que el doctor encontrara se procedería con un tratamiento. Laura estaba muy triste por el diagnóstico de su hermano, durante su estadía en este país ya había perdido a su madre y a su otro hermano, sentía la necesidad de ir y compartir con él un largo tiempo, alegrarle los días, recordar viejos tiempos. Ni Valeria ni Alejandra necesitaban mucha ayuda con sus hijos y Dios le había dado la bendición de recibir su ciudadanía americana, era el tiempo perfecto para regresar indefinidamente a su país y compartir con su hermano querido. Santiago y Valeria se encontraban planeando su viaje a su país de origen para comienzos de junio, visitarían a sus familiares y les mostrarían su patria a María José y José María durante tres semanas, Laura decidió esperar unos días y viajar con ellos.

Cuatro pasajes a América del sur durante el verano no eran nada económicos, por esa razón Santiago y Valeria decidieron comprar tiquetes en una aerolínea de bajo costo, manejar hasta Dallas, dejar su carro en el aeropuerto y volar desde allí. La felicidad era inmensa, no solo por el hecho de ver a la familia y regresar a su país de origen, sino porque por fin podrían mostrarle sus raíces a María José y José María. Todo lo que Santiago y Valeria le habían enseñado a sus hijos sobre su patria por fin cobraría sentido. Esa noche llegaron a Dallas pasadas las 9 pm, se quedaron en un hotel y durmieron solo por cinco horas porque tenían que estar en el aeropuerto a las 3 de la mañana. Las emociones eran tantas que casi ninguno pudo conciliar el sueño, pero nadie se quejó de no haber dormido. El primer vuelo era hasta Fort Lauderdale, allí tomarían el vuelo final hacia el país cafetero.

Tres horas y media después el piloto anunció que estaban entrando al continente suramericano, eran alrededor de las dos de la tarde, María José y José María se tiraron a la ventana del avión para observar, a un lado la cordillera de los Andes y al otro se alcanzaba a observar también la sierra nevada de Santa Marta, era la primera vez que veían montañas y estaban maravillados. Aproximadamente 50 minutos más tarde estaban aterrizando en la capital del país de las esmeraldas más lindas del mundo, la felicidad era infinita, desde que entraron a la sabana y anunciaron el descenso Valeria no pudo contener su emoción y comenzó a orar en voz alta, no paraba de dar gracias a Dios por permitirle volver a su tierra. Santiago les había advertido a sus hijos que lo mejor era evitar hablar en inglés durante su estadía para no llamar la atención, también les advirtió que iban a conocer muchos familiares que habían visto en fotos, les dijo que todos eran muy especiales y debían saludarlos con un beso en la mejilla y un abrazo, finalmente les pidió probar todas las frutas y comidas especiales que les ofreciera la familia, cocinar era un acto de amor de ellos y debían recibir todo con agradecimiento.

Para Santiago y Valeria caminar por el aeropuerto El Dorado era un sueño que por muchos años había sido imposible, todo estaba muy cambiado, muy moderno, muy bonito. Valeria no podía contener las lágrimas y aún más cuando al doblar una esquina del aeropuerto vio las ventanas de vidrio gigantes y toda la gente agolpada esperando a sus familiares. A medida que se acercaban, Valeria comenzó a distinguir muchas caras familiares: su tío por parte de su papá, sus tíos y primos por parte de su mamá, la familia de Santiago y a su amiga de infancia. Los cinco apuraron el paso y salieron a abrazar y besar a toda su familia, María José y José María estaban fascinados de conocer a tantos familiares, todos querían abrazar y besar a "los gringos" de la familia. Después de todos los saludos, todas las familias se dividieron en varios carros y se citaron en la casa de la tía Lola, la hermana mayor de Lucas, el padre de Santiago. Por el camino una de las muchas primas le ofreció a María José una granadilla, ella, recordando las palabras de su padre, la recibió alegremente, pero no supo cómo comérsela. No se parecía a ninguna fruta que ella hubiera comido en su país de origen, era del tamaño de una manzana, su color era un anaranjado muy atractivo con pequeñas pecas blancas, la cáscara era redonda y dura, después de que finalmente la prima le abrió la granadilla dándole un golpecito a la cáscara y dividiéndola en dos, María José observó detenidamente el montón de semillas negras envueltas en una sustancia pegajosa, "no te dejes llevar por la apariencia" le dijo la prima, "acerca tu boca y sorbe todo lo que hay adentro, será una de las mejores frutas que jamás hayas probado". La sustancia pegajosa era dulce y el crujido de las semillas era muy agradable, María José sintió una explosión de sabor en su boca que le encantó.

Al llegar a casa de la tía Lola, las diferentes familias invadieron la sala, no había lugar para sentarse, José María miraba atónito a toda la gente, había escuchado todos los nombres y los había visto en fotos, pero nunca se los imaginó a todos juntos, todos se reían y hablaban al mismo tiempo, no entendía cómo hacían para comprender lo que estaban hablando. Como pudo se abrió paso entre toda la gente y corrió a sentarse con su mamá. Antes de servir el plato colombiano que había preparado la tía Lola, estaban esperando que todos terminaran de llegar, algunos familiares de Laura estaban perdidos y no querían iniciar la celebración sin que todos llegaran. Valeria se conectó rápidamente al wifi de la casa y comenzó a enviarle videos y fotos a Aleja, José María estaba con ella y señalando una mujer mayor en una de las fotos le preguntó dónde estaba ella porque no la veía en la sala, él había ido a saludarla y la mujer le había dado un beso y un abrazo muy fuerte de bienvenida en el aeropuerto. Laura soltando la carcajada le dijo que ella no era familiar de ellos y que la mujer había sido muy amable al corresponderle el saludo a José María.

Las tres semanas se fueron volando en el país de las más de 400 especies de frutas nativas, María José y José María estaban disfrutando cada segundo. María José estaba atónita escuchando todos los acentos de las diferentes regiones del país, pero definitivamente el acento paisa y el cachaco eran sus dos favoritos. A José María le encantaba montar en transporte público, le fascinaba cada vez que el bus saltaba por causa de un hoyo en la avenida porque sentía que estaba montado en una montaña rusa, pero lo que más disfrutaban, tanto José María como María José, era la comodidad de poder comprar cuanta cosa quisieran mientras iban en los buses públicos; cada parada en un semáforo era toda una experiencia para ellos porque compraban todo lo que ofrecían los vendedores ambulantes que les vendían por la ventana o los que se subían al bus. Valeria y Santiago se emocionaban al ver a sus hijos disfrutar de su país, era maravilloso cómo estaban viendo a su patria de una manera distinta a través de los sentidos de ellos, les parecía muy interesante cada opinión que tenían de las cosas. Ambos quedaron sorprendidos el día que María José caminaba por un puente peatonal y se detuvo para inhalar profundamente el aire de la ciudad "esta ciudad huele diferente" exclamó ella, "no sé a qué huele, pero así no huele Oklahoma City".

"Bienvenidos a su país" dijo el agente de inmigración mientras le entregaba de regreso los pasaportes de todos a Santiago en el aeropuerto de Dallas. Valeria sintió algo raro en su estómago al escuchar esa frase, la realidad era que estaban regresando de su país natal, pero el país del norte ahora era su hogar y eso fue lo que ella sintió cuando parquearon frente a su casa en Oklahoma City… había regresado a su hogar, a su nuevo país.

Atrás habían quedado los días en que Valeria sentía que vivía en una jaula de oro, por muchos años le había manifestado a Santiago que estaba agradecida con Dios por haberlos traído al país del norte, por todas las bendiciones que habían recibido… pero se sentía frustrada por no tener sus documentos legales y no tener la libertad de salir y entrar al país cuando quisiera. Muchas veces se quejó de tener todo, pero de no poder volver a su país, no sabía cómo quitarse ese dolor de patria, esa nostalgia de caminar en las calles de su ciudad natal, del bullicio de la gente, de la música tropical, de las fiestas en el barrio, de la familia, de sus amigas, de la comida. Ahora todo era diferente, Dios le había concedido el deseo de volver a su tierra, ver a su familia, comer bandeja paisa y ajiaco, escuchar un vallenato en vivo, en fin, Dios le había concedido los deseos de su corazón y no solo eso, sentía que ahora tenía alas para volar, para conocer el mundo, para llevar a sus hijos a experimentar nuevas culturas, escuchar lenguas diferentes y sobre todo, creía que Dios le permitiría conocer un país de cada continente tal y como se lo había pedido hacía muchos años.

Santiago y Valeria se sentían muy bendecidos con sus empleos, cada uno era bueno en lo que hacía y lo más importante era que les gustaba hacerlo, sin embargo, sus salarios no eran muy altos y ahorrar para viajar, conocer el mundo no sería muy fácil, se requería ser muy organizados con su presupuesto. Desde que se casaron una de sus prioridades cada año era salir de vacaciones, tomar unos días para descansar, cambiar de rutina y recargar baterías, por esa razón ellos casi no salían a comer a restaurantes y sus planes de fin de semana generalmente eran las actividades que la ciudad hacía gratuitamente. Con mucha disciplina y ahorro empezaron a salir del país y conocer otras culturas, el segundo viaje que hicieron después de obtener su residencia fue a Cancún, México, todo les encantó, especialmente la comida que no se parecía en nada a la comida que vendían en los restaurantes mexicanos de Oklahoma City y también les gustó la amabilidad de la gente. De ahí en adelante, Santiago, Valeria y sus hijos han disfrutado de su "green card" y han podido conocer Jamaica, Francia, Alemania, Holanda, Luxemburgo, Bélgica, España y muchas otras ciudades en Los Estados Unidos.

Durante todos esos ires y venires de Valeria y su familia, Martín conoció a una chica centroamericana en la iglesia hispana. Antonella era una muchacha de ascendencia humilde, había perdido a sus dos padres durante el conflicto armado interno de su país Guatemala en el año 1983. Por ese entonces el presidente guatemalteco era el señor Efraín Ríos Montt, un militar que llegó a la presidencia a través de un golpe de estado y era considerado uno de los representantes más duros de los gobiernos militares de Centroamérica, por lo cual tenía muchos enemigos. Ríos Montt fue derrocado el día 8 de agosto de 1983 por el general Mejía Vítores, quien era su ministro de defensa.

Los padres de Antonella habían viajado a la capital guatemalteca para registrar el nacimiento de sus hijas trillizas, con tan mala suerte que en uno de los motines para derrocar a Ríos Montt, tanto el padre como la madre de Antonella fueron alcanzados por unas balas perdidas, dejando huérfanas a sus tres hijas con tan solo dos meses de nacidas. La abuela materna se encargó de la crianza de las niñas, ella hizo todo lo que pudo para sacarlas adelante, era una mujer de 70 años, con pocos recursos y una salud quebrantada por un cáncer que le dejó secuelas; después de dos años de criar a las trillizas le entregó dos de ellas a la abuela paterna y solo se quedó con Antonella la cual era la niña de sus ojos. Cuando Antonella tenía 15 años su abuelita murió, dejándole unos cuantos quetzales y haciéndole prometer que se iría a Los Estados Unidos a buscar un mejor futuro.

Antonella era tímida, callada, pero muy bella, desde el primer día que la invitaron a la iglesia, Martín se fijó en ella. Ya habían pasado casi tres años desde su divorcio con Cristina y se sentía listo para volver a soñar con un hogar, esta vez guiado por Dios y su Palabra; después de salir en citas por casi un año, Martín le propuso matrimonio a Antonella y ella aceptó. Antonella amaba a Miguelito y a Martina, era muy feliz cada fin de semana que Martín los llevaba a su casa, ella les cocinaba y jugaba con ellos, sin embargo, soñaba con la posibilidad de tener un hijo propio. Exactamente nueve meses después de la boda nació Lucia, una preciosa niña que llegó a sellar el amor que se tenían Martín y Antonella, un pequeño ser humano que representaba un nuevo renacer para él y para ella, era la familia que nunca había podido tener.

A finales del año 2017, Valeria cayó en cuenta que ya era tiempo para que Santiago y ella aplicaran para la ciudadanía americana, el hecho de solo pensar en la posibilidad de ser ciudadana le ponía la piel de gallina. Santiago y ella pasaban horas conversando de todas las bendiciones que habían recibido de Dios, era innegable que era Él quien los había traído, quien poco a poco los guio para iniciar su caso en inmigración; era Dios quien les proveyó el abogado, el dinero y las oportunidades para ser residentes permanentes... estaban tan agradecidos con Él por todo. Ahora, que el tiempo había llegado para aplicar para obtener la ciudadanía, se preguntaban una vez más: ¿Quiénes eran ellos para recibir ese privilegio de parte de Dios? ¿Qué los hacía a ellos diferentes de los millones de personas que habían llegado en las mismas condiciones en las que ellos lo hicieron y que anhelaban ser ciudadanos? ¿Cuál era el propósito de todas esas bendiciones en sus vidas? Realmente no tenían una respuesta concreta para todas sus preguntas, sin embargo, lo único claro era que todo eso había sucedido por la gracia de Dios, ellos no merecían todas esas bendiciones, no eran diferentes ni más especiales que los demás, pero Dios en su infinito amor y gracia les concedió los deseos de su corazón y ahora no tenían duda de que por la promesa que Dios les hizo en el libro de Deuteronomio, también les concedería la bendición de ser ciudadanos americanos.

Iniciaron la documentación para poder aplicar y esta vez decidieron no pagarle a un abogado, sino que por iniciativa de Valeria ella misma haría la aplicación. En el transcurso de un mes más o menos, Valeria reunió todos los documentos y toda la información que necesitaban para llenar la aplicación; con todos los papeles a la mano completó las dos aplicaciones y después de revisarlos juntos una y otra vez, las enviaron por correo. Aproximadamente dos meses después recibieron una citación para ir a la oficina de inmigración para tomarles las huellas digitales, ese mismo día les entregaron un libro con las 100 preguntas sobre la historia de Estados Unidos para estudiarlas y estar preparados para la entrevista.

Santiago optó por estudiar el libro y memorizar las preguntas de esa manera, de vez en cuando le pedía a María José o a

José María que le hicieran las preguntas en voz alta para escuchar la pronunciación y practicar cómo responder; obviamente ellos aprovechaban para reírse de su papá cuando no sabía cómo pronunciar alguna palabra o cuando la pronunciaba mal, pero en medio de las risas y las burlas practicaban con él la pronunciación. Valeria prefirió estudiar con el audio libro, todos los días de camino a la escuela escuchaba el CD y repetía las respuestas en voz alta, por supuesto que María José y José María se quejaban de que ya estaban mareados de tanto escuchar lo mismo y también se divertían a costa de su mamá cuando no sabía la respuesta correcta. Un mes después de la cita para las huellas les llegó la carta citándolos para su entrevista y su examen de historia, la emoción era inmensa, al igual que los nervios.

El día estaba soleado, Santiago y Valeria habían pedido la mañana libre en sus trabajos y sus hijos se habían quedado con Lucas. Como de costumbre había fila en la oficina de inmigración, la espera no fue muy larga y los llamaron al mismo tiempo a sus respectivas entrevistas, Santiago en una oficina y Valeria en otra. El agente de inmigración que le correspondió a Valeria era muy serio, comenzó por hacerle preguntas sobre la información de la aplicación, luego le pidió que leyera una oración en inglés y que escribiera otra, seguidamente inició el test de historia de Los Estados Unidos y después de que ella respondió la sexta pregunta correctamente paró el examen y la felicitó por haberlo pasado y por haber aprobado toda la entrevista, finalmente le dio la bienvenida como ciudadana de Los Estados Unidos. Al salir de la oficina, Valeria noto que Santiago continuaba en su entrevista, se sentó en la sala de espera y elevó una oración en silencio. Minutos después salió Santiago con una sonrisa en sus labios, se agarraron de la mano y salieron del edificio rápidamente. En el parqueadero sus cuerpos se fundieron en un largo y fuerte abrazo acompañado de lágrimas que corrían por las mejillas de

Valeria, en cuestión de segundos, ambos se transportaron 19 años atrás al día en que les fue dada la visa de turismo por "15 días", la felicidad era igual o más grande… todas las promesas de Dios se habían cumplido. Deuteronomio 11:8 retumbaba en sus mentes…" y tomen posesión del país que van a conquistar", Dios ya lo había conquistado por ellos hacía casi veinte años, ese día era solo el cumplimiento de lo que Dios ya les había dado tiempo atrás. La ceremonia de naturalización fue dos semanas después una mañana del mes de mayo y tanto María José como José María acompañaron a sus padres y de alguna manera sentían que ese día también era su día… al fin y al cabo ellos los habían ayudado a estudiar para su examen.

En Cristo somos más que vencedores.

2019 - 2020
No tengas miedo, pues yo estoy contigo; no temas, pues yo soy tu Dios. Yo te doy fuerzas, yo te ayudo, yo te sostengo con mi mano victoriosa. Isaías 41:10

Valeria llevaba 11 años madrugando a las 5:30 de la mañana para poder llegar a la escuela a tiempo, antes de llegar a su trabajo debía dejar a María José en la escuela secundaria y a José María en la escuela intermedia, a pesar de que todas las carreras mañaneras ya eran una rutina para ella y sus hijos, se empezó a sentir cansada, especialmente porque llevaba bastantes semanas sin dormir bien. La ginecóloga le había confirmado que estaba atravesando por la premenopausia y que las dificultades para dormir se debían a la disminución de la progesterona en su cuerpo. Después de orar y hablar por horas con Santiago decidieron que era tiempo de buscar una escuela más cercana a la casa, Valeria estaba de acuerdo, pero le dolía pensar que sus hijos tendrían que cambiar de distrito escolar, llevaban 9 años con los mismos amigos, conocían a los maestros y todos los conocían a ellos, no iba a ser un cambio fácil, pero era un cambio necesario para la salud de Valeria.

María José iniciaba su último año de secundaria y llevaba varios años intentando ser parte del consejo estudiantil, el problema había sido que viviendo lejos de la escuela nunca tenía tiempo para quedarse a todas las reuniones y actividades que el consejo estudiantil tenía después de las clases regulares, por esa razón cuando supo qué cambiarían de escuela le pidió a sus padres que la dejaran asistir a la escuela que quedaba cerca de su casa. Valeria sentía dolor y tristeza de cambiar a sus hijos a otro distrito escolar, no sólo por todos los años que habían pasado en una escuela fuera de la ciudad, sino porque tendrían que comenzar a asistir a un distrito escolar dentro de la ciudad, con todos los problemas que tiene una escuela de la ciudad. Sin embargo, para alegría de María José, el mismo día en que se inscribió en su nueva escuela fue aceptada para participar en el consejo estudiantil, ella no podía creer que ni siquiera la hubieran entrevistado, sus buenas calificaciones y las recomendaciones de los maestros fueron suficientes para ser aceptada.

Por otro lado, José María aplicó a una escuela de estudios avanzados y también fue aceptado sin ningún problema. Valeria, mientras tanto, buscaba trabajo en las escuelas cercanas a su casa, sin saber que Dios tenía planeado todo a la perfección y fue recibida como maestra en la misma escuela a la que entró su hijo, la felicidad fue completa porque José María sería su estudiante durante ese primer año. La escuela quedaba a cuatro millas de la casa y el horario era fenomenal, ya no tenía que madrugar, ¡qué más le podía pedir a Dios!

El año escolar comenzó en medio del fuerte calor de agosto, tanto sus hijos como Valeria se adaptaron rápidamente a sus escuelas, José María y Valeria se divirtieron mucho durante los primeros meses porque decidieron no contar que eran madre e hijo y entonces él le contaba a ella todo lo que los estudiantes hablaban de su clase; el día que finalmente anunciaron en clase que eran familiares se divirtieron mucho al ver las caras de los amigos de José María cuando Valeria les dijo que ella sabía todo lo que decían de ella durante los recesos. El año escolar transcurría normalmente hasta que fue interrumpido un día a mediados del mes de marzo.

A comienzos del año 2020, las noticias mostraban la aparición de un nuevo y muy contagioso virus en la ciudad de Wuhan ubicada en el centro de China, la lista de síntomas era larga e incluía fiebre, escalofríos, dificultad para respirar, fatiga, dolores de cuerpo y musculares, dolores de cabeza, pérdida del sabor, pérdida del olfato, dolor de garganta, congestión nasal, náuseas, vómito y diarrea entre otros. El mundo miraba con horror cómo el país del oriente luchaba contra este aterrador virus y cómo la pesadilla se iba esparciendo por todo el globo. Valeria conversaba con su mejor amigo de infancia que vivía a ocho horas de Wuhan, él se escuchaba medianamente tranquilo y le contaba todos los esfuerzos que el gobierno y las autoridades sanitarias estaban realizando para detener el virus, ella se preocupaba por la salud de su amigo sin llegar a imaginarse que el virus llegaría hasta Los Estados Unidos, a Oklahoma City y a su propia casa.

Faltaban dos días para iniciar las vacaciones de primavera, María José y Valeria tenían muchos planes para esa semana, entre ellos ir a comprar el vestido para su grado de la escuela secundaria, ya solo faltaban dos meses para el gran día y Valeria no podía creer que pronto iba a tener una hija en la universidad. Esa mañana Santiago la llamó a la escuela como tenían por costumbre, todo parecía muy normal en la escuela, los estudiantes estaban desesperados por salir a vacaciones… y los maestros también. Unos minutos después del último almuerzo, Valeria y la maestra del salón de enfrente estaban conversando en el corredor del tercer piso cuando notaron muy inquietos a los estudiantes, Valeria corrió a su salón y uno de los muchachos le informó que el distrito escolar había enviado un mensaje de texto anunciando que las vacaciones de primavera comenzaban inmediatamente y que los padres podían recoger a sus hijos en las escuelas. Valeria y su compañera de trabajo no entendían nada de lo que estaba pasando, los teléfonos comenzaron a sonar anunciando que los padres de algunos niños habían llegado a recogerlos, en menos de 30 minutos todos los estudiantes se habían ido. Valeria prendió el televisor de su salón de clase y con asombro se enteró que un jugador de baloncesto del equipo de la ciudad tenía los síntomas del nuevo virus y que el día anterior había visitado algunas escuelas del distrito escolar, entonces, por prevención, el distrito había decidido iniciar el descanso de primavera un día antes. Todo era muy raro, pero ¿quién no querría tener un día extra de descanso? Dos días después, el gobernador de la ciudad anunció que para prevenir un contagio masivo en todo el estado se debía usar mascarilla en los lugares cerrados.

El virus invadió al mundo rápidamente, las cuarentenas se volvieron parte de la vida normal, nadie podía salir sin una mascarilla; los noticieros, las redes sociales y los medios de comunicación se encargaron de difundir el terror por todas partes, las personas ya no podían abrazarse por miedo a ser contagiadas, las escuelas cerraron, las universidades cerraron, las iglesias cerraron, la vida como se conocía hasta ahora cambió para siempre y llegó el mundo de la virtualidad. El distrito escolar en el que trabajaba Valeria no abrió por el resto de ese año escolar y solo reabrió sus puertas para que los estudiantes asistieran personalmente once meses después de haber cerrado. Los maestros en todo el mundo tuvieron el año más difícil de sus carreras enseñando virtualmente, los estudiantes no asistían a clase, no estudiaban, no participaban, muchos de ellos sufrieron de ansiedad, de depresión, de problemas emocionales… muchos se suicidaron.

Cada año, Valeria oraba y le pedía a Dios que le mostrara un tema en la Biblia para estudiarlo durante el año que comenzaba, para el 2020 Dios le mostró que buscara los versículos de la Biblia que hablaban de no tener temor, cada mañana ella se levantaba y estudiaba un versículo diferente y lo escribía en un cuaderno. El día en que se inició el descanso de primavera en la escuela, Valeria ya había estudiado 72 versículos de la Biblia que incluían la frase "no temas", por tal razón, cuando el temor rodeo su mundo, ella comprendió porqué Dios en su infinito amor la había llevado a estudiar ese tema durante ese año de caos, confusión y temor; no se dio el permiso de temer al virus ni a sus consecuencias. ¿Cómo creerles más a las noticias o al mundo si Dios cada mañana le decía "No temas"?

Santiago y Valeria con Biblia en mano resolvieron las dudas y temores de sus hijos, también consolaron a María José y se consolaron a ellos mismos por el dolor que les produjo la cancelación de la ceremonia del grado de ella de la escuela secundaria; habían esperado 18 años para verla pasar a recibir su diploma y por culpa de ese extraño virus sus ilusiones se habían desvanecido, pero ¿qué era ese dolor comparado con el dolor de las miles y millones de personas en el mundo qué habían perdido a sus seres queridos a causa del mismo virus?

El mundo entero luchaba contra este nuevo virus implacable, los noticieros anunciaban de día y de noche el número de nuevos contagiados, de personas hospitalizadas y de personas fallecidas, el luto invadió los hogares de miles de millones de personas y cada familia vivía su propio duelo, poco a poco el temor se apoderó del mundo entero. Mientras el virus acababa con muchas vidas, el cáncer por su lado continuaba su trabajo lento pero seguro; unas semanas antes de qué la ciudad de Oklahoma fuera golpeada con la pandemia, una prima de Claudia había llegado de California para quedarse a vivir en Oklahoma, ella y su hijo pasaron algunos días en la casa de Víctor y Claudia, justo antes de que se declarara la cuarentena se movieron a su propio apartamento. Milena era una mujer de mediana edad, tal vez tendría unos 40 años y su hijo estaba en la preadolescencia, Milena llevaba planeando su viaje varios meses y finalmente se había concretado para comienzos del 2020, estaba un poco temerosa después de la mala experiencia que había tenido la hermana de Claudia en ese estado, pero tenía la esperanza de correr mejor suerte y no ser deportada; en realidad el costo de vida en California se había vuelto insostenible, Claudia le había contado cómo era la vida en Oklahoma y finalmente se decidió a moverse, quería un cambio y una mejor calidad de vida para ella y su hijo, desde que él nació la vida no había sido fácil, su esposo la había abandonado por una mujer americana para conseguir papeles y ella se refugió en el alcohol como medio de escape para su dolor, su hijo había sufrido muchos años por causa del abandono de su padre y de la adicción de su madre…realmente necesitaban un cambio. Sus ahorros les permitieron sobrevivir durante los días de la cuarentena y tan pronto se terminó, Milena comenzó a trabajar en una cadena de comidas rápidas y su hijo tuvo que esperar hasta agosto para poder ingresar a la escuela, sin embargo, Claudia muy amablemente le permitió pasar el verano con ellos para que Milena trabajara tranquilamente. Un día soleado y caliente del verano, Milena comenzó a sentir un dolor fuerte en su abdomen, era un día de trabajo y por esa razón ignoró el dolor hasta que regresó a su casa, en las últimas semanas su prima la había notado un poco más delgada y más cansada de lo normal y ambas habían llegado a la conclusión de que eran efectos a largo plazo del Covid.

Días después Claudia notó qué su prima continuaba perdiendo peso y una tarde mientras la visitaba se dio cuenta qué había vomitado varias veces, alarmada por la salud de Milena la llevó a un centro de salud en donde no pedían seguro médico, el doctor le realizó un examen físico y le llamó la atención el color un poco amarillento de sus ojos, inmediatamente le ordenó pruebas de sangre y una ecografía del abdomen. Una semana después los resultados llegaron con las peores noticias: Milena padecía de un cáncer de hígado bastante avanzado. Claudia acompañó a su prima el día de la cita para leerle los resultados de los exámenes y ella era la persona qué estaba traduciendo, al momento en que el doctor les dio la noticia Claudia quedó pálida y tuvo que pedir una silla porque no se pudo mantener en pie, también pidió qué trajeran a una intérprete certificada porque no se sintió capaz de darle la noticia a su prima.

Durante las siguientes semanas Milena se sometió a diversas pruebas médicas, cada una arrojaba resultados devastadores, además de que el cáncer estaba en una etapa muy avanzada ya había hecho metástasis. Milena comenzó a decaer físicamente, pero en especial emocionalmente, en los quince años qué llevaba en el país del norte había perdido a sus dos padres a causa del cáncer sin poder estar cerca de ellos porque vivían en su país y también al único hermano que tenía no lo había podido ver desde que había salido de su país debido a que el departamento de inmigración le había negado la visa de turista en múltiples ocasiones.

Víctor y Claudia le dieron la bienvenida a su prima y su hijo una vez más en su casa, Milena había comenzado un tratamiento agresivo contra el cáncer que incluía fármacos quimioterápicos y radioterapia hepática con el fin de reducir el tamaño del tumor y también reducir el dolor que con los días se estaba haciendo insoportable, Claudia se dedicaba a llevarla a las terapias y a cuidarla y mientras tanto Juanes y Ricardo trataban de hacerle la vida más llevadera a su primo.

Semanas después, al escuchar las noticias poco alentadoras del tratamiento, Claudia se vio en la obligación de llamar al hermano de Milena, su primo. Con un nudo en la garganta le explicó que los resultados del tratamiento no eran los esperados y qué por el contrario Milena cada día se deterioraba más. Joaquín, se encontraba en una situación desesperada, anhelaba ver y ayudar a su hermana y a su sobrino, pero no sabía cómo. Un amigo le comentó sobre la cita de emergencia en caso de una enfermedad grave de un familiar directo que viviera en el país del norte, pero lamentablemente y debido a la pandemia la embajada no se encontraba dando citas en ese momento. Sin pensarlo dos veces, Joaquín tomó una decisión que años atrás había sido inimaginable para él: pasarse por la frontera de México, la pérdida de sus dos padres y la idea de perder a su hermana no le dejaba otra opción, necesitaba ir a verla, abrazarla, decirle en persona que la amaba, conocer a su sobrino… Esa misma noche habló con su esposa y sus hijos y comenzó a planear el viaje.

Cuatro semanas después estaba aterrizando en la Ciudad de México, la policía local lo detuvo en el aeropuerto para hacerle algunas preguntas, pero al ver que ese mismo año había estado en Los Cabos lo dejaron pasar sin problema. Dos días después su contacto lo recogió en el hotel a él y a tres venezolanos más, dos mujeres y un hombre. El viaje a Tijuana fue bastante largo, 30 horas sin descanso, las pocas paradas eran para entrar el baño y pedir comida por la ventanilla de los restaurantes de comidas rápidas. Sus compañeros y él trataban de dormir y de distraerse con el paisaje y escuchando música, cuando todo se quedaba en silencio Joaquín solo pensaba en su hermana, elevaba alguna oración por su salud y se animaba pensando que pronto la vería. Los momentos más tensionantes eran cuando paraban en los retenes, cinco en total, porque para evitar el retén de la fiscalía planearon pasar muy temprano antes de que lo abrieran, en cada uno de los cinco que pasaron tuvieron que entregar dinero a la policía, ellos mismos les pedían una cantidad específica a cada pasajero del carro para que pudieran pasar. La llegada a Tijuana fue a la media noche "el pollero" los recogió e inmediatamente les hizo desocupar casi toda la mochila que cada uno llevaba, solo les permitió quedarse con un cambio de ropa, algo de ropa interior, el celular, su pasaporte y agua. En ese momento les dio todas las instrucciones para el camino y todos tuvieron que pagar la alta suma de dinero a la que habían acordado desde su país de origen. Víctor, desde la ciudad de Oklahoma estaba muy pendiente de todo lo que sucedía con Joaquín, a través de una aplicación del celular podía ver exactamente en qué lugar se encontraba el primo de su esposa y mantenía informada a Claudia y a sus hijos, ellos no habían querido contarle nada a Milena ni a su hijo porque no querían causarle más dolor en caso de que las cosas no salieran bien. La salud de Milena en las últimas semanas se había deteriorado muchísimo, el doctor no les había dado esperanzas y había enviado a Milena a la casa con unas medicinas bastante fuertes para el dolor, sus días transcurrían descansando en cama, hablando con su hijo y cuando tenía ánimo y fuerzas salía al patio de la casa para respirar aire puro y tomar un poco de sol. Claudia se encontraba bastante cansada con todos los cuidados que ella requería, muy amablemente Valeria, Laura y Antonella tomaban turnos para llevarle alimentos y también para acompañar a Milena mientras Claudia dormía, Daniel y Alejandra colaboraban económicamente enviando dinero para las medicinas ya qué aún se encontraban viviendo fuera del estado.

El camino hacia la frontera no era muy largo, eran solo 45 minutos, pero había terreno elevado y desierto, a los cuatro que iban en el carro se les unieron 6 más, el pollero los guio hasta la frontera y allí los dejó a su suerte, los tres que venían con Joaquín y él decidieron esperar a que la policía fronteriza los recogiera, los otros seis corrieron huyendo de ellos. En menos de 30 minutos Joaquín y sus compañeros se encontraban en una patrulla del país del norte, los habían interrogado, les quitaron todas sus pertenencias incluido el celular y su pasaporte y los metieron a una celda separando a las mujeres de los hombres. Era un lugar horrible, no tenía camas ni sillas, el baño era una taza en una esquina con un pequeño muro que la separaba del resto de la celda, no tenía puerta y era completamente destapado, a través de las rejas veían el escritorio de uno de los policías, en el techo solo había una lámpara de luz blanca que iluminaba de noche y de día, no había ventanas, cuando la gente de la oficina se acordaba les traían algo de comer, una comida horrible, insípida, nadie se la comía, pero las horas pasaban y no se sabía si era de noche o de día, Joaquín se dio cuenta que los iban a dejar allí por largo tiempo y se propuso dormir un poco, los ojos se le cerraban, el cansancio y las emociones eran demasiados… se tiró al piso y no supo más. Tiempo después se despertó, no sabía cuántas horas habían pasado, no sabía si era de noche o de día, solo notó que había nuevas personas en la celda, unos hombres de la China y otros coreanos que no eran nada amigables, él solo se hablaba con su compañero venezolano, aunque no lo conocía bien era el único en quien podía confiar, con quien podía desahogarse y hablar para no enloquecerse porque las horas y los días seguían pasando. En la celda de los hombres comenzaron a notar que estaban sacando a algunas mujeres esposadas que lloraban, mujeres que no habían resistido la dureza de la celda y habían pedido clemencia para devolverse a sus países, hasta el momento ningún hombre había flaqueado.

Según los cálculos de Joaquín y su compañero venezolano ya llevaban alrededor de 3 días en la celda, el olor a materia fecal y a orín era insoportable, la comida cada vez sabía peor y el dolor de estómago iba en aumento, el cansancio físico era muy grande, pero el cansancio emocional era más fuerte. Uno de los compañeros después de un par de días comenzó a convulsionar, los policías entraron por él y lo sacaron rápidamente, los demás nunca supieron sobre la suerte de aquel hombre. Joaquín sabía que para poder salir bien de esa prueba necesitaba ser fuerte mentalmente. Una mañana, de repente y sin previo aviso, los policías llegaron y esposaron a todos los hombres que quedaban en la celda, los subieron a un bus que tenía barrotes en cada ventana, nadie tenía idea de a dónde los llevaban, pero ninguno hablaba. La nueva celda era un poco más grande que la anterior y por lo menos había algunas colchonetas para dormir, Joaquín ni se molestó en pedir una porque cuando entró a la celda ya no había disponibles. Por el camino, tanto el venezolano como él habían hecho conjeturas de cuánto tiempo había pasado y concluyeron que habían pasado 4 días en la anterior celda. Joaquín solo pensaba en volver a ver a su hermana, en sus pequeñas oraciones pedía por su salud, nunca había sido creyente, pero era consciente que necesitaba ayuda de lo alto. Mientras tanto Claudia y Víctor estaban muy preocupados, en realidad la situación de Milena era alarmante, ya no podía pararse ni siquiera al baño, ya no tenía ganas de comer y la mayoría del tiempo se la pasaba durmiendo, cuando despertaba se mostraba confundida con relación al tiempo y a las personas. Claudia se espantaba cada vez que se le aceleraba o se le disminuía la respiración a Milena y le dijo a Víctor que ella creía que había llegado el tiempo de contarle que su hermano venía en camino, Víctor estuvo de acuerdo y tan pronto se despertó le contaron las buenas noticias, de inmediato sus ojos se llenaron de luz y pidió comida.

A pesar de que la celda en donde se encontraba Joaquín era un poco más grande no, era suficiente para 13 hombres, no encontraban cómo acostarse; entrar al baño era un martirio por los olores y la diarrea, las peleas que a veces se iniciaban y que trataban de disimular frente a los policías… el ambiente se había tornado bastante hostil. Afortunadamente Joaquín escuchó a uno de los policías hablar y se dio cuenta de que era un paisano, el acento de su país era inconfundible y a la primera oportunidad le preguntó de qué país era y efectivamente eran compatriotas. El policía se compadeció de todos los de la celda y les trajo sándwiches y jugos en bolsa para todos, ¡finalmente les habían traído algo que todos podían comer!

Aproximadamente dos noches después, los policías sacaron esposados al venezolano y a Joaquín y los subieron nuevamente al bus con barrotes en las ventanas, esta vez no había nadie más con ellos, media hora después llegaron a otra celda, pero esta vez los detuvieron en la oficina de enfrente para hacerles unas preguntas, un hombre vestido de civil se acercó y les dijo que a pesar de que no se lo merecían, el gobierno les otorgaría ayuda humanitaria dejándolos entrar al país como respuesta a la pandemia mundial por la que estaban atravesando, les advirtió que su comportamiento debía ser impecable y que semanalmente debían comunicarse con la oficina de inmigración del estado al cual se dirigían, de igual manera les dijo que a su lugar de residencia les llegaría un comunicado con una fecha y una oficina para ir a iniciar su proceso de asilo político. El hombre les hizo entrega de sus pertenencias con excepción de sus pasaportes, también les informo que afuera los estaba esperando un grupo de personas cristianas que les darían alojamiento y los ayudarían a organizar su viaje hasta donde sus familiares. Joaquín salió y lo primero que hizo fue comunicarse con Víctor para decirle que estaba bien y preguntarle por Milena, a pesar de las noticias poco alentadoras acerca de la salud de su hermana, la esperanza había renacido.

Las personas que los esperaban los llevaron en unas camionetas a un lugar de refugio, era un hotel bonito con todas las comodidades en donde les ofrecieron comida, medicinas y un cuarto para que descansaran, Joaquín inmediatamente expresó su deseo de partir inmediatamente hacia la ciudad de Oklahoma, en seguida uno de ellos se ofreció a comprarle el tiquete aéreo para su destino, pero no fue posible por la falta del pasaporte, sin embargo, un tiquete en bus sería la solución. A pesar de que el cansancio era insostenible llamó nuevamente a Víctor y le pidió que le pasara a su hermana, Milena no podía sostener el teléfono así que Víctor se lo sostuvo todo el tiempo que Joaquín le habló, las lágrimas corrieron por sus mejillas, pero con una sonrisa en sus labios le dijo con voz entrecortada cuánto lo amaba. Joaquín estaba feliz, escuchar la voz de su hermana le dio la tranquilidad que necesitaba para dormir y durmió prácticamente durante todo el largo recorrido hacia Oklahoma, lo peor había quedado atrás… eso era lo que él creía.

Después de hablar con su hermano, Milena pidió qué le trajeran a su hijo, con las pocas fuerzas que tenía lo abrazó, le dijo cuánto lo amaba y también pidió que la visitara Laura, la mamá de Valeria, ella era la mujer que le había hablado de Jesús durante todos esos meses. Laura llegó corriendo a la casa de Claudia y Víctor, con la Biblia en la mano nuevamente le contó las buenas nuevas sobre Jesús, le explicó el plan de salvación y le preguntó si quería recibir a Jesús en su corazón, Milena más lúcida que nunca dijo que sí e hizo la oración de fe. Seguidamente y mirando a los ojos de Laura le dijo que se quería bautizar, Víctor y Claudia insistieron en que Dios conocía los deseos de su corazón y que no era necesario, ella estaba demasiado débil y les daba temor sacarla de la cama, la insistencia de Milena fue tal que tuvieron que traer la piscina de plástico que estaba guardada en el ático, la llenaron de agua caliente y en la presencia de su hijo, Juanes, Ricardo, Claudia, Víctor y Laura, Milena fue bautizada en el nombre del Padre, del Hijo y del Espíritu Santo. Claudia y Laura le quitaron su piyama mojada y volvieron a acostar a Milena que lucía más radiante que nunca, esa noche comió, habló con todos y oró por primera vez a su Padre celestial, finalmente se quedó dormida. A la madrugada, su respiración cesó, horas más tarde cuando Claudia fue a mirar cómo estaba vio que Milena tenía una sonrisa en sus labios, su prima había descansado y estaba en la presencia de su creador, no tuvo pesar por ella… pero si se entristeció por Joaquín, su primo que llegaría en menos de 12 horas.

Entender los NO de Dios es bastante difícil, Joaquín estaba devastado, estaba atónito mirando el cuerpo de Milena, se veía tan frágil…tan sin vida. Su sobrino lo abrazaba y lloraba junto a él, era un día bastante agridulce para la familia. La pandemia impidió qué le hicieran un funeral en la iglesia, el pastor fue a la casa de Claudia y tuvieron un pequeño servicio en compañía de la familia de Santiago y la familia de Valeria, a pesar del dolor que sentían por Joaquín, tenían gozo por la salvación de Milena que ahora caminaba de la mano del Señor. Días después Joaquín regresó a su patria llevando el más grande tesoro de su hermana querida: su hijo.

El virus tocó a la puerta y entró sin permiso a la casa de Santiago y Valeria el jueves 5 de noviembre del 2020, dos días después de que por primera vez hubieran hecho uso del privilegio que tenían como ciudadanos de Los Estados Unidos de votar por el futuro presidente del país. Ese día fue un día memorable para la familia, no solo porque Santiago y Valeria pudieron participar del privilegio que un país libre y democrático les da a sus ciudadanos para escoger a sus gobernantes, sino porque lo hicieron en compañía de su hija María José, quien también votó por primera vez en su vida, ese fue un día que solo podían comparar con el día en que se hicieron ciudadanos.

La ceremonia fue una mañana lluviosa, típica de un día de primavera a principios del mes de mayo. María José y José María estaban muy orgullosos de sus padres, todos los esfuerzos para que llegaran a ser ciudadanos americanos estaban dando su fruto ese día. Laura llegó muy temprano a la casa de Valeria para acompañarlos en la ceremonia, pero Lucas lamentablemente se sentía enfermo y no podía asistir y el resto de la familia no pudo ir a la ceremonia porque solo se podían llevar cierto número de invitados. El lugar estaba lleno de familiares de los futuros ciudadanos, Santiago y Valeria se sentaron en las sillas de enfrente y Laura se ubicó atrás con sus dos nietos; en un momento en el que Santiago miró hacia atrás vio a la esposa de Clay, su jefe, sentándose al lado de María José, en ese momento Santiago elevo una pequeña oración de agradecimiento a Dios por haberlos puesto en su camino y ser los instrumentos que Él usó para que los sueños de ser legales en el país del norte se estuvieran haciendo realidad en ese instante.

La ceremonia fue muy linda, el video de las palabras de bienvenida del presidente Donald Trump fueron muy especiales, pero el momento por el que Valeria había esperado tantos años era el juramento a la bandera de Los Estados Unidos. Por 10 años había estado recitando el juramento a la bandera en compañía de sus estudiantes cada mañana, la primera vez que lo hizo notó cómo cada uno de los estudiantes se llevaba la mano al corazón mientras lo decía, eso le pareció muy especial y después de un par de meses hizo el compromiso de que no llevaría su mano al corazón hasta el día en que se hiciera ciudadana, ese día pronunciaría esas palabras con emoción y desde el fondo de su corazón. En medio de sus pensamientos Valeria escuchó: "por favor levántense para el saludo a la bandera", y de inmediato las lágrimas rodaron por su rostro. Había esperado 17 años, 7 meses y 22 días desde el día que sus pies tocaron por primera vez el país del norte, no tenía idea que conquistar su sueño iba tomar tanto tiempo, pero Dios había sido fiel a su palabra y el tiempo había llegado. Lentamente subió su mano, la colocó frente a su corazón y repitió con su voz entrecortada: "I pledge allegiance to the flag of the United States of America, and to the republic for which it stands, one nation under God, indivisible, with liberty and justice for all". "Prometo lealtad a la bandera de Los Estados Unidos de América y a la república que representa, una nación bajo Dios, indivisible, con libertad y justicia para todos".

Dios es fiel.

2020 - 2021
Sabemos que Dios dispone todas las cosas para el bien de quienes lo aman, los cuales él ha llamado de acuerdo con su propósito. Romanos 8:28

Mientras la familia iba de regreso a la casa en el carro, Santiago conducía, y muy tranquilamente le anunció a todos que esa mañana se había enterado que alguien con quien había conversado personalmente el fin de semana anterior estaba contagiado del virus. María José y José María quedaron mudos y la única que bombardeó a Santiago con preguntas fue Valeria "¿Quién?, ¿Dónde?, ¿Cómo?, ¿Cuándo?, ¿Por qué?, etcétera". Habían pasado 6 días desde que Santiago había tenido contacto con un familiar contagiado y en el trabajo le pidieron que se hiciera el test lo más pronto posible, todos en el carro se miraron y sabían que, si Santiago estaba contagiado, muy seguramente ellos también. A la mañana siguiente todos tuvieron que hacerse la prueba, dos días después los cuatro resultados eran positivos.

Santiago y Valeria estaban muy tranquilos, sin embargo, los síntomas comenzaron a aparecer en cuestión de horas, Valeria y María José empezaron a tener dolor en el área de los senos paranasales, Santiago tenía dolor de cabeza y cansancio en general, José María tuvo fiebre por algunas horas, pero gracias a Dios los síntomas no fueron tan fuertes. Durante los días de la cuarentena obligatoria María José y José María asistieron a sus clases virtuales normalmente, Valeria siguió enseñando por internet y Santiago se dedicó a pintar la casa para no aburrirse, porque era el único que no podía hacer su trabajo de manera virtual.

Una semana después del diagnóstico del virus, una tormenta helada llegó a la ciudad, todos los árboles quedaron cubiertos de hielo y, como la mayoría no habían perdido todas sus hojas, las ramas comenzaron a partirse por el peso del hielo. El árbol del patio de Santiago y Valeria no fue la excepción y una de las ramas se quebró, con tan mala suerte que cayó encima de la cuerda de la electricidad dejando a la familia en completa oscuridad y sin internet por los próximos 12 días. Santiago y Valeria llevaron a María José y José María a pasar la primera noche en el edificio de la iglesia, donde se encontraban refugiados varios miembros de la familia que estaban en las mismas condiciones, mientras tanto Santiago logró conectar una extensión eléctrica desde la casa de los vecinos que todavía tenían electricidad y de esa manera Valeria pudo cocinar todos los días y también pudieron mantener la nevera fría para no perder los alimentos. Los días de cuarentena, sin electricidad y sin internet pudieran haber sido los peores de la vida de Valeria y su familia, sin embargo, fueron días de mucho agradecimiento, sabían que muchas familias alrededor del mundo estaban perdiendo a sus seres queridos por culpa del virus, pero ellos se sentían privilegiados de tener vida.

Valeria podía ver la mano misericordiosa de Dios en cada pequeño y grande detalle de sus vidas durante los dos años más fuertes de la pandemia, como por ejemplo durante el tiempo de la cuarentena obligatoria, tanto ella como Santiago recibieron su salario normalmente por parte de sus empleadores, a pesar de que tanta gente perdió sus trabajos durante ese periodo de tiempo. También se sentía bendecida porque a pesar de que más de 20 personas, tanto de la familia de Santiago como la de ella se habían contagiado del virus, ninguno estuvo hospitalizado ni gravemente enfermo, ni siquiera tuvieron que ser hospitalizadas los adultos mayores o aquellos con condiciones preexistentes. La bendición se extendió incluso un año después, cuando ellos y la mayoría de sus familiares fueron contagiados por segunda vez del virus… las cosas no habían sido fáciles, pero Dios los había sacado de todas y cada una de las pruebas que se les habían presentado durante ese tiempo.

El mundo cambió radicalmente en el transcurso de esos años, pero la familia seguía intacta, unida y más cercana a Dios que nunca. Lucas llevaba un año de jubilado, la residencia que obtuvo a través de la petición de Santiago y los veinte años que había trabajado en Los Estados Unidos le dieron ese derecho y se encontraba felizmente disfrutando de sus nietos y de una relación otoñal de noviazgo con una hermosa mujer viuda que conoció en la iglesia, unos meses antes de que iniciara la pandemia. Laura también estaba feliz disfrutando de sus nietos y de la libertad que tenía viviendo independiente en su lindo apartamento, cada año viajaba al país cafetero a visitar a sus familiares y a disfrutar de las montañas y el suave café colombiano. Martín y Antonella compraron una casa mediana, en donde se instalaron con Lucia y los fines de semana los acompañaban Martina y Miguel; Martín llevaba varios años trabajando en la misma compañía que le brindaba estabilidad a su familia y en donde, a pesar de saber, que no tenía documentos legales le habían abierto las puertas, Antonella estaba dedicada a Lucia y a cortar el pelo desde su casa, ambos esperaban pacientemente a que Miguel cumpliera 21 años y pudiera pedir a Martín para poder llegar a ser residentes permanentes… un día no muy lejano.

Daniel y Alejandra vivieron un par de meses en la costa este del país debido a una trasferencia del trabajo de Daniel, sin embargo, la presión por parte de Marco y de Laurita para regresar a vivir cerca de su abuelita, de sus tíos y de sus primos hizo que Daniel hablara con sus jefes y lo regresaran a Oklahoma City en poco tiempo. Al igual que Santiago y Valeria, gracias a Dios, Daniel y Alejandra también habían obtenido su ciudadanía americana.

Por otro lado, hasta la fecha Víctor y Claudia aún no han logrado tener sus documentos legales, sin embargo, sus dos hijos Juanes y Ricardo obtuvieron sus tarjetas de número de seguridad social y sus permisos de trabajo a través del programa DACA, Acción diferida para los llegados en la infancia. Un programa establecido por el presidente Barack Obama en el año 2012 que retrasa la deportación de inmigrantes indocumentados que fueron traídos a Los Estados Unidos durante su infancia y que les permite trabajar legalmente por periodos de dos años, al final de cada período deben volver a aplicar para conservar el permiso. Víctor y Claudia esperan pacientemente a que alguno de sus hijos se case con una ciudadana americana para poder obtener su residencia.

Actualmente, María José se encuentra terminando su segundo año de universidad, ella es toda una artista y una cristiana consagrada. Su vida transcurre entre cantar en la iglesia, enseñar a los niños pequeños en la escuela dominical, ser voluntaria para el grupo cristiano de su universidad y esperar a que Dios traiga a su príncipe azul en el momento indicado.

José María pronto comenzará su penúltimo año de la escuela secundaria, aún no está seguro de qué estudiará en la universidad y por ahora está completamente dedicado a sus estudios, tocar la guitarra en el grupo de alabanza de la iglesia, a correr en el equipo de su escuela y a jugar fútbol.

A Santiago y a Valeria no les cambió la vida el hecho de ser ciudadanos, en realidad, la única diferencia fue la oportunidad de votar, pero a través de los últimos 23 años comprobaron en carne propia la fidelidad de Dios, **un Dios que nunca cambia, Él ha sido, es y será siempre fiel a su Palabra**. En el año 1999 Dios les dijo a Valeria y a Santiago que conquistarían un nuevo país, poseerían una nueva tierra y… ¡cumplió su promesa!

FIN

Pd. Si Dios lo hizo por nosotros, también lo puede hacer por cada uno de ustedes.